リュート
勇者として異世界召喚される。追放後、魔王令嬢・ルルノアとの出会いをきっかけに魔王国の一員に。
ルルノア・ル・ルルキア
ワガママだけど可愛い魔王の一人娘。リュートのことがお気に入り。

「生きる意味とか言うんだったら
私があげるわ！　リュート！」

「魔王城《ウチ》に来なさいっ！」

アルカナ

異世界アディスに存在する強力な能力。
21のアルカナが存在すると
いわれている。

リュート／天与のアルカナ

『吊るされた男《ハングドマン》』

【正位置】　試練、奉仕、努力
【逆位置】　自暴自棄、欲望に負ける者
――試練を超える者に与えられる宿業《アルカナ》

ルルノア／継承のアルカナ

『太陽《ザ・サン》』

【正位置】　成功、祝福、勝利
【逆位置】　不調、落胆
――世界に祝福された者に贈られる恩恵《アルカナ》

魔王令嬢の執行者

～魔王国に追放された無能勇者、隠された天与スキルで無双する～

Sty

角川スニーカー文庫

23791

CONTENTS

プロローグ

ある日の夕刻。

なんで……こうなるんだよ……。

魔王城にて令嬢付きの執事などを務めている俺ことリュートは、仕事を始めてから一年。何度目ともつかない困惑を経験していた。

夕餉《ゆうげ》を後に控えたこの時間に、俺を含めた五人の男女が一つの丸机を緊張した面持ちで囲んでいる。

俺の左隣、五角の頂点に座るは、魔王城城主の一人娘。

魔王令嬢、ルルノア・ル・ルルキア様。

父親である魔王様から受け継いだ、由緒正しい姓名である。

燃えるような長い赤髪に金色の瞳。勝気な釣り目で強気な印象を受ける、十六歳の美少女だ。こめかみ近くから生える立派な二本の角が、その威厳を湛《たた》えている。

「リュート！　それじゃあ始めてちょうだい！」

「……マジですか、お嬢様……」

「マジよ！」

「……さいですか」

「うふふ、おねぇさん、初めてだから楽しみだわ〜」

ルルノア様の左隣には、白い法衣《ほうえ》を着た、落ち着きのある美女がニコニコとした表情で
行く末を見守っている。

エルメル公爵家令嬢兼魔王令嬢付き宮廷魔導士ネル・エルメルさん。

金髪の長髪を一つに結い、肩口から前方に垂らしているおっとり系の美女。弱冠十八歳にしてとてつもない大きさを誇るその胸部の双丘は、あらゆる男を魅了してやまない。

もちろん、俺もその一人である。いつか登ってみたいものです。

俺が魔性の山に気を取られていると、右隣から首筋に剣があてがわれる。

「おい貴様、その視線を外せ。今すぐにだ」

「……なんのことやら」

視線を戻しシラを切る俺を、疑わし気な目で見ながらしぶしぶ剣を鞘《さや》に戻す少女。

魔王国近衛騎士団副団長、ゼラ。

艶のある黒髪を肩口で切り揃《そろ》えた、騎士然とした凛々《りり》しい雰囲気のあるこれまた美少女。

十七歳で同い年ということもあり、俺が魔王城で気兼ねなく話せる数少ない相手の一人だ。

だから、というわけではないが少々俺に当たりが厳しい時がある。

二人の時は優しいんだけどなぁ……こういう場でももうちょっと優しくしてくれてもいいと思う。今のは俺が悪いけど……。

「こ〜ら！　二人とも喧嘩《けんか》しないの、仲良く〜！」

「ネル殿！　こいつをこのまま甘やかしていてはダメですっ！　今に本性を現しルル様やネル殿に恥辱の限りを尽くした卑猥《ひわい》で淫猥《いんわい》な宴《うたげ》を繰り広げるに違いありません！」

「……落ち着けゼラ、今本性を現してるのはお前だ」

「おのれ！　いったい何を考えているんだ！」

「お前よりはだいぶマシなことだよ」

また始まったよ……。人族嫌いを拗《こじ》らせた挙句、変な知識ばっかり覚えてこうなってしまったらしい。会話してくれるだけ俺はまだ良い方である。

「もうゼラちゃん！　リューくんはそんなことしないわ〜！　3Dだもの！」

「そうよ！　リュートに限ってそんなことあり得ないわ！　3Dだしっ！」

「し、しかしっ……3D……？」

詰め寄るゼラから、ネルさんとルルノア様が俺を庇《かば》ってくれる。

おいおい天使かよ。見た目だけでなく中身も天使じゃねえか、一生ついていきますよ。

んで、3Dってなんの略です？

「どうしようもないダ《D》メ《D》童《D》貞のリューくんにそんな度胸ないもの〜！」

「ヘタレッ！　甲斐性《かいしょう》なしっ！」

「た、たしかにそうですね……」

あ、辞めよっかな、執事。ネルさんとかすごい優しそうな顔でゼラより鋭い一撃ぶち込んできやがったな。やたら立体的な罵倒を頂きました。お嬢様はなんでそんな実感籠もってるんですか。俺が甲斐性なんて見せたあかつきには打ち首確定なんですよ。ゼラも納得しちゃったしね、共通見解なのね。

「……皆様、じゃれ合いはそこまでにしてください。胃もたれしますマジで」

すると、そこまで一言も発していなかったメイド姿の女性が、なかなか不遜な言葉づかいで話を遮った。

魔王城侍女長、フィーナさん。

素性、種族、年齢、すべてが不明の謎メイドさん。白髪《はくはつ》で、白を基調としたメイド服を着ていることから、受ける印象は白一色だ。

フィーナさんは呆《あき》れたようにため息を吐《つ》き、五本の棒が入った筒を取り出した。

「リュート様、こちらを」

「……ありがとうございます、フィーナさん。……では、始めます」

「つっ、ついに始まってしまうのか……、姦淫《かんいん》の宴がっ……！」

「お前は一回黙ろうね」

興奮気味のゼラへ一言言うと、俺はこうなった経緯を思い返す。

数時間前。


「リュート！　暇よ！　遊びたいわ！」

「遊びたい……ですか。何か要望などございますか？」

「異世界の遊びがいいわ！　教えて！」

これまた大雑把《おおざっぱ》な要望だことで。

このようなお嬢様の唐突な命令は今に始まったことではない。やりたくなったらやる、飽きたらやめる。わかりやすいものである。

さてどうしたものかと、数多《あまた》ある元の世界の遊びに思いを馳《は》せていると、いつも通りにお嬢様とネルさんとお茶をしに来ていたゼラがすっと手を上げた。

「ルル様、私に妙案がございます」

「ん？　言ってみなさいゼラ！」

「はっ！　現在、市井《しせい》で流行している異世界より伝来した『王様ゲーム』というものがございます。そちらは如何《いかが》でしょうか？」

「あっ！　それ聞いたことあるわ〜。面白そうって思ってたのよ〜」

ゼラの提案にネルさんがそう声を上げた。

おい、いきなりなんてもん紹介してくれてんだ……！

王様ゲームと言えば一昔前の合コンなどでしきりに行われていた魔の遊戯。あらゆる世間体や知的生命体としての理性をかなぐり捨てた、世捨て人たちの興じるかなりエッチなあれである。

いや待て、魔王国で広まっているのはまた別のものなのか……？

「ふーん、どういうゲーム？　面白いの？」

「集まった者の中からくじで王と番号を決め、王になった者がそれ以外の者に命令をしていくというものです。未来の魔王たるルル様に相応《ふさわ》しい主権的遊戯にございます」

オーケー、俺の知っている遊びと過不足なく一致している。っていうかお嬢様に王が当たるとは限らない。完全に運に左右されるゲームだ。そんな不確定要素を多分に孕《はら》んだゲームにお嬢様が是と答えるわけがない。

「気に入らないわねっ！」

ほらな。お嬢様の好きなものは支配、君臨、絶対優位と甘いもの、おまけにワンちゃんである。それらの要素が他人の手に渡る可能性のある遊びなど――

「魔王様ゲームに改名しなさい！」

――お嬢様ッ!?

■

いやゼラのせいじゃねえかッ!!

人のこと散々卑猥だの淫猥だのと言っておきながら、こんなゲームをお嬢様に提案するなんてとんでもない奴《やつ》である。

どうする……このメンツの中で男は俺一人。どうにかして辞退しなければ……!

「それでは、始めますよ。ゲームマスターは俺が務めさせて頂きますね」

ふふ、決まったな。自然な流れで進行役のポストに身を置くことで参加を華麗に回避してやった。俺の未来は明るいな!

「何言ってんのよリュート!　あんたも入りなさい!」

一寸先は闇だったか。一介の使用人である俺には、魔王令嬢の命令は絶対なのだ。だから俺は、いつも通り――

「お、お嬢様の……仰せのままに……」

頬をひくつかせながら、そう答えるしかないのだ。

■

やはり、こうなりましたか。

現在、私《わたくし》ことフィーナは『魔王様ゲーム』の真っ最中に、そう嘆息いたしました。

「「「「魔王様だーれだ！」」」」

それは、ルルノア様が魔王くじを引かれた際のこと。

「あっ！　私よっ！　私っ！　魔王私っ！」

「おめでとうございます、お嬢様」

「ルルちゃん流石《さすが》ね～、未来の魔王様～！」

「流石ルル様です！　将来魔王国を統べる者としての勝負強さを拝見いたしました！」

魔王と書かれたくじを引いただけなのに跳ね回って喜ぶルルノア様を微笑《ほほえ》ましげに見ながら皆様が賞賛を口にされます。私も無言で小さく拍手。

――ですが、次の瞬間、和気藹々《わきあいあい》としたこの場の空気が霧散いたしました。

「んーとね……そうだっ！　四番っ！　四番は私を褒めながらぎゅーってしなさい！」

「「「――――」」」

ついに、来てしまった。甘やかされるのが好きなルルノア様に魔王が当たれば、このような命令をされるであろうことは想像に難くありませんでした。

そして、この沈黙が四番が誰であるかを如実に表していました。

「……………えっと……四番……です」

「──っ!!」

徐《おもむろ》に手を挙げたリュート様を見て、ルルノア様がびくっ！　と肩を跳ねさせました。

しかし、何事もなかったかのように平然とすまし顔を繕おうとされます。

「ふっ……ふーんっ？　リュ、リュートが四番なのねっ？　でも仕方ないわよねっ？　命令だしっ！　私魔王だしっ！　……ねっ？　ねっ!?」

「いや……流石に……これは……」

あくまで仕方ないことだと言い張るルルノア様は、私たち参加者の顔を見ながら同意を求めています。顔を紅潮させ、必死に口角が上がるのを抑えている様子から喜んでいるのは一目瞭然です。

そして、私がルルノア様に向けて首肯をしようとした時、ゼラ様が挙手をされました。

「────ルル様。命令の変更を愚考いたします」

「……は？」

「ルル様の命令は、こいつ以外なら多少の憂慮で済むものです。ですが、抱き締めるとなれば男のこいつでは不敬どころではないでしょう。……ネル殿はどう思いますか？」

「う～ん、そうね～。リューくんが悪いわけではないけれど、ルルちゃんも魔王令嬢だしね～。やめておいたほうがいいと思うわ～」

「ネル殿もこう言っておられることですので、今回は――」

バキッ！　と音を立てて机が軋《きし》む。それは単に、ルルノア様から発せられる質量を伴うほどの濃密な魔力故。本当に、勘弁してほしいものです。

「――へー……そう。そうなの。逆らうのね。私に。魔王に。傲慢ね。傲岸ね。傲然ね」

「いえ、そうではなく――」

「私の命令よ。リュートにはそれを完遂する義務があるの。外野は黙ってなさい。いいわね？」

「…………はっ。出過ぎた真似《まね》を」

「ごめんね～。ゼラちゃんも私も逆らおうとしたわけじゃないの。ただ体裁っていうものがあるから……。でも、ルルちゃんがそこまで言うなら……ここだけの秘密にしておきましょうか。せっかくのゲームだしね～」

「……そう……そうね！　私も視野が狭かったわ！　ごめんね、ゼラ！　でも、私が許してるんだから問題ないわ！」

ふっ、と魔力を消し、いつもの様子を取り戻されたルルノア様は、リュート様に向き直って期待に満ちた様子で両手を広げられました。

「さ、さあ！　来なさいっ！　リュートッ！　ほ、褒めながらだからねっ！　流す感じじやなくて真剣にねっ！　あっ、あと耳元でねっ、囁《ささや》きなさいっ」

「……仰せのままに……」

　リュート様がルルノア様の耳元でなにかを囁いた後、抱擁を開始されました。ルルノア様がだらしなく表情を崩されます。

　私は、その光景から目を逸《そ》らしながら、残りのお二方の様子に胃を痛めるのです。男だから？　不敬だから？　体裁が？　笑わせてくれます。自分が嫌だから邪魔をしようとしただけでしょうに。思いを寄せる男性が、他の女性を抱き締める。それは、生来独占欲の強い魔族であれば耐えられないことなのです。

　ゼラ様から放たれる殺気が。ネル様の全く笑っていない目が。

　気まずそうにルルノア様を抱き締めているリュート様と、その肩に顔を埋《うず》め幸せそうにしているルルノア様のどちらに向けられているものなのか。考えたくもありません。

　逆にリュート様は考えなさ過ぎなのです。ルルノア様やネル様は3Dと言っていましたが、私からすれば4Dです。

　どうしようもない《D》鈍感《D》ダメ《D》童貞《D》です。役満です。

　私は、先の見えない現状に頭を悩ませながらため息をこらえます。

　すべては、ルルノア様が傷だらけのリュート様を連れ帰ってきたあの日から始まりました。

あの親バカ魔王が、令嬢付き執事という大役を人族に与えるなどという暴挙に出ること
になる運命の日。

——魔王国最強が、生まれた日です。

一章　勇者ではないそうです

「異世界アディスへようこそ、勇者様方！　ここは勇者様方がいた世界とは別の、あらゆる種族が手を取り合い、異能と魔術をもって繁栄を遂げた世界でございます！」

……は？　なんだこれ……夢か……？

状況が呑《の》み込めない。周りには、俺と同じ表情をしたクラスメイトたちが床にへたり込んでいる。

先ほどまで教室で授業を受けていたはず……そしてその後——そうだ、地震だ。とてつもなく大きな地震が起きて……それで……そこから記憶がない。

そこまで記憶を辿《たど》ったところで、今しがた俺たちに語り掛けていたとんでもなく顔の整った少女が疑問に答えるように話し始めた。

「誠に残念ながら、勇者様方は元の世界で何らかの要因により命を落とされたようです。そしてちょうどその時、異世界召喚の儀を執り行っていた私たちに応える形でこの世界に召喚されたのです！」

召喚……？　……もしかして、これは……！

嬉々《きき》として語る少女とは裏腹に、クラスメイトたちの反応は様々だ。

「……命を……落とした……？」

「……ねぇっ……嘘《うそ》でしょ⁉　なんなのこれ⁉」

「いや俺だってわっかんねぇよっ⁉　……ドッキリ……じゃ、ねぇよな……」

「いやっ……いやぁ……！」

「きたっ！　きたぁっ！　俺の時代……！」

命を落としたという言葉に茫然《ぼうぜん》とする者。理解が及ばずにパニックに陥る者。泣き出す者。たまらない様子でガッツポーズをする者。そのどれもが常軌を逸したこの状況にざわつく者たちだが、俺はとりわけ最後のガッツポーズをする男子生徒に似た心境だった。

——異世界召喚だ。

サブカルチャーの第一線にまで成り上がった人気コンテンツとして俺自身も創作として楽しんでいたあれが、現実として今ここにあるんだ。

今、自分たちがいる床にある光を放つ魔法陣。あまりに豪奢《ごうしゃ》な周りの装飾や目の前にいる現実離れした美しさの少女。その後ろに控える甲冑《かっちゅう》を纏《まと》った騎士のような人たちや杖《つえ》を持つ老若男女。動物のような耳を持つ者や人間ではありえない体躯《たいく》を持つ者が並んでいる。そしてその奥で、玉座に座る厳然とした雰囲気の壮年の男性。

そのどれもが、夢や作り物であるという可能性を排除してしまうほどの実在性を持っていた。

「ここは私たちの世界でも一層栄華を極めたルクス帝国。勇者様方を召喚したのは、今我々人類を脅かそうとしている魔王及びその配下である魔族との戦いに力を貸して頂くためなのです……！」

瞳に涙を溜《た》め、縋《すが》るように俺たちに語り掛ける少女。少女の美しさに見惚《みと》れたのか生徒たちのざわめきが小さくなり始める。そして、一人の生徒が俺たちを代表するように少女の前に出た。

伊佐山翔太《いさやましようた》。

高校入学から半年間で既にクラスメイトたちからの信頼も厚く、なんでも完璧にこなすリーダー的存在の男子だ。その整った顔立ちは女子からの人気も高い。

「はじめまして、俺は伊佐山翔太と言います。俺たちがその勇者？　という存在なのかはわかりません。ここがどこかも定かではないし……俺たちを元の場所に帰していただくことはできませんか？」

伊佐山が口にしたのは至極真っ当な意見だ。突然知らない人間から知らない場所に連れ去られ、勇者だから戦えと言われる。……意味わかんないよな、確かに。

だが、そんな伊佐山の言葉に少女は悲しそうな表情で首を横に振った。

「返して差し上げることは……できます。ですが、元の世界では皆様は命を落とされています。戻った瞬間、皆様にあるのは……死……のみ、です」

「そう……ですか」

恐らく、みんなの記憶は俺と同じところで途切れているのだろう。その言葉に嘘だ、と異を唱える生徒は現れなかった。

きっと、俺たちはあの地震で命を落としたのだろう。そして偶然、召喚対象になった。その事実に、落ち着き始めた生徒たちが再びざわつき始める。だが、伊佐山は違った。

「――ありがとうございます」

「……え？」

伊佐山の突然の感謝の言葉に、少女だけでなく生徒たちも目を白黒させる。

「異世界、でしたか。この世界の皆さんが俺たちの命を繋《つな》ぎ止めてくださったんですよね。そうでなければ、俺たちは死んでいた。そういうことですよね」

伊佐山はそう言うと、少女へ笑顔を向けた。そしてクラスメイトたちは、伊佐山の言葉にはっ、と表情を変えた。

そうだ、俺たちが今こうして意識を保ち、思考していられるのは異世界に召喚されたからだ。

「俺は、命を救ってもらったその恩に報いたいです。みんなにはみんなの意見があるとは思いますが、俺はこの世界の力になりたいと思います」

「……ショータ様……っ！」

伊佐山の言葉に、少女は涙をこらえながら破顔する。

どうやら、この召喚の主人公は伊佐山であるらしかった。

■

その後、いくつかの質疑応答や状況説明を終え、方針が決まった。

「えーっと、イリス、『ステータス』……でいいの？」

「はいっ！　ショータ様！」

伊佐山を筆頭に、俺たちクラスメイトは、全員で勇者としてこの世界で生きていく。戸惑い、悩む生徒もいたが、伊佐山が言った「命を救ってもらった」という言葉が決め手になったのだろう。

時間も経《た》ち、落ち着いてきた生徒たちはこの状況を楽しもうという者が大半になっていた。

圧倒的な非現実。テンションが上がるのも頷《うなず》けた。

今は各々の勇者としての能力の確認中だ。先ほどの問答で一気に好感度が上がったのであろう伊佐山とルクス帝国の第一皇女イリスさんが、親しげな距離でやり取りをしている。

その様子に女子生徒たちは不満そうだったが、イリスさんの美貌を前に歯嚙《はが》みするしかないようだ。

「ッ！　ショータ様ッ！　これは……！」

「えーと、『聖剣召喚《セイント・ブレイブ》』？　……これって、すごいのか？」

「ええ！　ええっ！　これはルクス帝国の礎となった勇者様が持たれていた能力です！　まさか現代に現れるなんて……！」

「んー、よくわかんないけど、力になれそうで良かったよ」

褒めちぎるイリスさんに満更でもなさそうな伊佐山。その様子を見たクラスメイトたちは一斉に『ステータス』と唱え始めた。

男子生徒は一様にはしゃぎながら自分たちのステータスを見せ合っている。能力の違いはあれど、どれも強力なものであるらしい。女子生徒のほうでも、この状況をうまく呑《の》み込んでいる生徒を筆頭に同じく確認をしている。

誰もが、死ぬよりはマシだとこの世界に順応しようとしているのだろう。

「こっ……これはっ……！　イ、イリス様ッ！　こちらへ！」

杖を持った女性がイリスさんへ大袈裟《おおげさ》に声をかけた。その近くにいるのは、一人の男子生徒と二人の女子生徒。

赤垣秀二《あかがきしゅうじ》。

照宮司水瀬《しょうぐうじみなせ》。

木ノ本睦月《きのもとむつき》。

伊佐山と合わせて四人とも幼馴染《おさななじ》みというハイスペック集団だ。赤垣は学校一の運動神経を誇っていて、照宮司は複数の武道で全国レベルの成績を収めている。木ノ本は全国模試一位の秀才だ。

そんな三人のステータスをイリスさんが覗《のぞ》き込む。

「――ッ！　シッ、シュージ様は『堅牢要塞《ガーディアン》』！　ミナセ様は『武芸百般《マスター》』！　ムツキ様に至っては『魔術創造《クリエイト》』！　す、素晴らしいですっ！」

「おっ、その感じは俺らも良い感じか⁉　へへっ、翔太にばっか良いとこ持ってかせねぇぜ！」

「秀二、俺はそんなつもりないよ。なんか勝手にそうなるんだよ、いつも」

「ふむ、日々の精進がこんな形で活《い》きるなんて、わからないな、人生は」

「……あんま、興味ない……」

その様子にクラスメイトたちは活気づく。

「やっぱあいつらか～！　スゲーなぁ。でもっ、俺たちも負けないように頑張ろうぜッ！」

「おう、なんかゲームみたいで楽しくなってきた！」

「私はまだ怖いけど……でもあの四人がいるなら何とかなるかも……！」

「うん！　伊佐山君たちがいれば大丈夫っ！」

「なんか俺もスゲー能力らしいぜ！」

「私も、すごい珍しいスキル？　なんだって！」

「俺は支援専門か……やり甲斐《がい》ありそうだな」

思い思いに会話を繰り広げる生徒たちを尻目に、俺もステータスを確認する。

クラスに馴染《なじ》めていない自分に呆れながら、仕方ないことだと割り切る。

今から俺が何を言おうと、何が変わるわけでもない。


「『ステータス』」

リュート・サカキ
『吊るされた男《ハングドマン》』
熟練度なし
君の黎明《れいめい》は苦難に満ちる。
その道行《みちゆき》は艱難《かんなん》にまみれ、その志は辛苦に折れる。
それでも、耐え、努めろ。
やがてその掌《てのひら》は光明を掴《つか》み取る。

逆位置　欲望

▲▼■●■▲▼

なんだよこれッ！　なにこのポエムッ！

どんな能力なのかまるでわからないな……。

俺が自分の能力の不明さに頭を抱えていると、

「どうされましたかな、勇者様？」

杖を持った老人の男性が声をかけてくれた。

ちょうどいい、この人に聞こう。

「すいません……これなんですけど……」

言いながら、俺はステータスを老人に見せた。すると、

「ッ！　――こ、これは……イリス様ァッ!!」

老人は血相を変え、取り乱した様子でイリスさんを呼ぶ。

え？　なんかこれすごいやつなの？

「どうかされましたか？」

「こっ、これを……っ！」

浮き足立つ心を抑えつつ、老人に促されるままに駆け寄ってきたイリスさんにステータ

スを見せる。

「……ッ！　なんということでしょう……」

「えーと、なんなんでしょうか、これは……」

驚愕《きょうがく》の表情を浮かべるイリスさんにおずおずと尋ねると、イリスさんが意を決したように俺に目を合わせ、予想外の言葉を言い放った。

「――ステータスが、ありません」

「――……え？」

ステータスが、ない？　いやいや、あるじゃん、ほらこれ!!

内心で困惑する俺をよそに、イリスは続ける。

「残念ながらあなた様は――勇者ではありません」

は？　いや、待てよ。

ステータスがないから……勇者ではない？

待て、じゃあ、俺は。

「ちょ、ちょっと待ってください！　ステータスならあるじゃないですか！　ほら、ここ！　リュートって！」

「落ち着いてください……えっと、リュート様」

俺は必死にステータスを見せるが、イリスさんの表情は芳《かんば》しくない。やはり俺のステータスが見えていないようだ。

どうなってるんだ……！　というか、まずい。この流れはまずいぞ。強制的に送還されるとかじゃないだろうな……!?　……そうしたら……死ぬのか……？

「勇者じゃないってことは、俺はどうなるんですか!?」

「あ、あの……」

「おい、落ち着け榊《さかき》。イリスに当たってもしょうがないだろう」

「そうだ、見苦しいぜ？」

イリスさんに食ってかかる俺を見て、話を聞いていたのか、伊佐山と赤垣が間に入ってきた。俺は無意識に相当な剣幕でイリスさんに詰め寄っていたようだ。周りのクラスメイトからも冷ややかな視線が集まっていた。

「なになに？　どしたん？」

「いや、なんか……榊君ステータスないんだって……」

「えぇぇ!?　それで八つ当たり!?　ダッサ……」

「勇者じゃないって……まあ、確かに影薄かったしな」

「ぶはっ！　いやっ、影は関係ないっしょ……ま、榊だしなぁ……かわいそ～」

好き勝手に盛り上がるクラスメイトたち。

交友関係のなさがこんな時に響くなんて……クソッ！

だが、こちらは死活問題。ここで見捨てられたら恐らく死ぬだけだ。冗談じゃない！

「俺はどうすればいいんですか!?」

そう取り乱した俺の声を、

「――落ち着いてくだされ」

威厳に満ちたその一声が遮った。

騒がしかったクラスメイトたちも声を静め、その人物に注目する。

イリスさんの次に紹介された人物。ルクス帝国皇帝、ガルシオ。

「不安にさせてしまい申し訳ない、異界の方。実を言うと、初めてのことではないのだ。その時の策も講じておる。どうか落ち着いてくだされ」

「……あ、い、いえ、こちらも取り乱してしまい……すみません……でした」

俺は、周りの状況や皇帝の言葉でなんとか平静を取り戻す。

だけど、これが初めての事態じゃないって事実は冷静に考えてやば過ぎる。戦う力のない人間を巻き込んでおいて何度も同じことをしてきたのか？　俺のことも、勇者ではなく〝異界の方〟と呼称が変わっている。

一連の流れを見て、不安は募るばかりだ。クラスメイトからも顰蹙《ひんしゅく》を買ってしまった。

現状は何ら好転していない。

落ち着きを取り戻した場を見て、イリスが話し始めた。

「皆様、ステータスの確認お疲れさまでした。どれも強力な能力ばかりで、我々人類の未来を預けるに足る素晴らしいものでした。特にショータ様、シュージ様、ミナセ様、ムツキ様は過去の英傑と呼ばれた勇者様の能力を継承されています！　これ以上ないほど頼もしい方々です！」

「力になれそうで良かったよ。でも俺たちだけじゃなくて、クラスみんなで協力するよ」

「へへっ！　まーたカッコいいこと言っちゃってよ！　ま、でもその通りだぜイリスちゃん！　俺たちにどーんと任せちゃってよ！」

「うむ、誰かを守るために磨いてきた私の武技を、惜しみなく発揮させてもらう所存だ」

「………………」

「って、おいおい！　ここは睦月もなんか言うとこだろぉ⁉」

「あははっ！　木ノ本さんは平常運転だねー！」

「そうだな、でもなんか安心するぜ！」

「うんうん！　いつも通りって感じで力抜けちゃうよぉ」

そんないつも通りのやり取りを見て、クラスメイトは朗らかに笑い合う。まるで俺の存在を忘れたかのように。

なんだよ……これ。

「それでは、皆様にはこれから一年間、この帝城にて訓練を受けていただきます。一般常識などの座学、基本的な戦闘術、そして能力を使った実戦など様々なものがあります。——ですが！　今はそのことはお忘れください！　この後ささやかな歓待の宴《うたげ》をご用意しております！　そしてその後一週間を、この世界に慣れていただくための期間としたいと思っております！」

「おお！　まじかよ！　俺観光行きてぇ！　翔太！　一緒に行こうぜ！」

「秀二、気が早いよ」

「異世界の武術……是非とも学びたい」

「異世界の料理とかめっっちゃ興味ある！　あ～スマホ使えたらなぁ～」

「俺、猫耳の女の子とかと一緒に遊びてぇー！」

これからの生活への期待で胸を膨らませる一同は、騎士たちに連れられるようにして宴場へ向かう。

そんな賑《にぎ》やかな一行の後ろに、俺は重い足取りで続く。

そこへ、イリスさんが声をかけてきた。

「リュート様、すみませんでした。心細い思いをさせてしまいましたよね」

「……いえ」

……空っぽだ。形だけの謝罪であることがその表情で、その声音でわかる。イリスさんの澄んだ瞳は、俺の価値を映していない。

しかしイリスさんは、笑顔で俺に語り掛ける。

「ですが、もしリュート様に意思がおありなのでしたら、まだできることがございます！　帝国としても、是非とも協力していただきたいことなのですが……」

妖しく笑う彼女は、とても美しく。

ああ、わかった。皇帝ではなく、イリスさんが俺たちの歓迎を行った理由が。

人を操る魔性を持っているんだ、この女は。美貌を、仕草を、肢体を使い掌握するんだ。自覚があるかはわからない。だが、彼女は劇毒だ。蝕《むしば》まれれば、取り返しがつかないほどに溺れる。

「ここにいて、俺にできることはないんですよね……？」

「ええ、残念ですが……」

残念ね……よく言うよ。でも、まあ、

「わかりました。ぜひ協力させてください」

「本当ですか⁉　ありがとうございますっ！　それでは、明日一日はゆっくりと身体《からだ》をお休めください。リュート様には明後日《あさって》からご協力いただきます！」

あのクラスメイトたちといるよりはマシだろう。

俺は宴会には出なかった。

異世界召喚の翌日。

俺は帝城の書庫へと向かっていた。

クラスメイトたちは揃《そろ》いも揃って城下の帝都へ観光に行ったそうだ。得体の知れないモノたちとの戦闘に駆り出されるというのに暢気《のんき》なことだ。

内心、届くことのない悪態を吐《つ》きながら書庫へ入ると、先客がいた。

クラスメイトの一人、木ノ本睦月だ。

「……木ノ本か」

「……榊……」

木ノ本は俺を視認し呟《つぶや》くと、自分の隣の椅子を引いた。ここに座れということだろう。木ノ本の隣は高校の図書室での俺の定位置である。

俺はなぜか気まずさを感じながらそこへ座った。

「……お前は行かなかったんだな」

「本……読みたかった。魔王とか、魔族とか、魔物とか調べてる。……そっちは？　観光……」

「行けると思うか？」

「……ごめんね」

「なんでお前が謝るの？」

「……庇《かば》えなかった」

いや、天使か。

木ノ本とこうやって話すようになったのは偶然だった。たまたま頑張った古文のテストで木ノ本より良い点を取った。その時期に、ちょうど図書室で会い、教えを乞われ、やることもなかったから教えた。それだけだ。

それから、本の趣味が合うことや無言が心地いいと思う者同士でちょくちょく絡むようになった。

そんな木ノ本との過去を回想していると、木ノ本が懐から何かを取り出した。

「……榊、これ……」

「何これ？」

「御守《おまも》り……ごめんねの代わり」

いやだから天使か。

木ノ本が渡してくれたのは、青く輝く水晶のペンダントのようなものだ。

「私、『魔術創造』って能力だったからそれで作った……それが割れると、魔法が発動するようになってる」

「すげえな、もう使いこなしてるのか。……ありがとう、大切にする」

「ん」

そこからはしばしの沈黙が流れた。書庫に静謐《せいひつ》が満ちていた。でも、とても心地いい沈黙だった。

すると、木ノ本は綺麗《きれい》な黒髪を揺らし、俺に目を向けた。

「……榊は……これからどうするの？」

「なんか、俺にもできることがあるんだと。クラスの奴《やつ》らと一緒に何かできる気もしないし……でも、何もしないのもな」

一応、命を繋《つな》いでもらったのは事実っぽいし。恩を仇《あだ》で返すような真似《まね》はしたくない。

「……なにか、手伝える？」

「いや、木ノ本は訓練があるだろ。なんかすごいんだろ？　お前の能力。……頑張れよ」

「……そっか」

そこから会話は繋がらず、居心地よく感じていた沈黙がむず痒《がゆ》くなり、俺は席を立った。

「……もう、行くの……？」

「ああ、そのできることってのが明日かららしくてさ。早めに休んどく」

「…………残れば？」

「……やっぱ、嫌な予感する？」

木ノ本は答えない。だが、その沈黙は肯定に等しい。

「もともと死んでた命だ。……怖いけどな」

「…………」

「じゃあな」

木ノ本は、また答えなかった。

■

木ノ本と書庫で話した翌日から、俺は途轍《とてつ》もない速さで走る馬車に乗っていた。

今日で一週間が経《た》つ。馬車の御者を務めている騎士の話では今日には目的地に到着するらしい。

すると、徐《おもむろ》に馬車のスピードが落ち始めた。

「着いたぞ、降りろ」

初日にはあったはずの、勇者に対する畏敬の念など微塵《みじん》も感じさせないおざなりな言葉遣いで騎士が言う。

馬車を降りると、そこは薄暗い鬱蒼《うっそう》とした森の中。

「あの……ここは？」

「魔族領だ」

あ～……なるほど。やっぱり、お決まりだよな。……死ぬのか、俺。

「お前に与えられた役割は、奴らの油断を誘うことだ。勇者召喚が失敗したのだとな。お前の死体を見れば、奴らの行動も一足遅れになるかもしれんとのことだ。まあそれがなくとも、一人の人間を養うにはそれなりの金が必要だからな。要は——」

「厄介払い、だろ」

「ははっ、ご愁傷様。無能はいらないんだと」

「……ふざけんな、勇者とか魔族とか……知るかよ、んなもん」

「そうか、続きはお前が生き残ったら聞いてやるよ。ま、お前にできることなんてないだろうけどな」

騎士はそう言うと、皮の水袋を俺に向かって放り投げた。

「じゃあな、勇者もどき」

そんなことを言われるほど、この騎士と関わったことはない。大方あの皇女が何か言ったか。

走り去る馬車を見ながら、大きなため息を吐《つ》く。

異世界に来てから八日。元の世界の日付から数えると、

「最悪の誕生日だな、クソが」

俺は木ノ本から貰《もら》ったペンダントを握りしめた。

希望なんてない。生き残る自信なんてない。でも、ただで死んでやるものか。足掻《あが》いてやる。

できることなんてない？　いや、ある。あるんだ。
俺の、『吊るされた男《ハングドマン》』の『直感』が、頻《しき》りに脳内で囁《ささや》く。

『試練を開始します』

この森に入った時から、うるさいくらいに、そう告げるんだ。

『試練を開始します。試練を開始します。試練――』
「わかったわかった。ステータス」
急《せ》かすように脳内に響き続ける声に応え、ステータスを呼び出す。

リュート・サカキ　Lv.0
『吊るされた男《ハングドマン》』
力　G－　耐久　G－　敏捷《びんしょう》　G－
魔力無保持につき魔力ステータス非表示
総合身体能力評価　G－
『試練』『吊るされた男《ハングドマン》』の未踏破領域でのみ発生

試練中につきスキル限定解除
『叡知《えいち》』自身の存在強度及び身体能力を可視化
『直感』危機認知及び危機回避能力上昇
『慎重』危機的状況時、気性及び思考の鎮静化

逆位置　欲望

▲▼■●■▲▼

なんか、いろいろ増えてんな。

衝撃的な記載がなされているのになぜか思考は冷静さを保っている。ステータスを見る限り『慎重』というスキルの効果だろうか。俺はここにいるだけで危機的状況なのか？

Lvというのは……レベルか。恐らくこれが存在強度だろうか。何も成していない今は0ということか。

そして、『試練』とやらが何を指すのかわからないが、その最中だというのに逆位置という記載には何ら変わりがない。何か条件があるのだろうか。変な文字化けもそのままだ。

だが、『吊るされた男』で逆位置というのには覚えがある。よくゲームなどに登場する

タロットカードのことだろう。

ただわかるのはそのくらいだ。詳しく調べたことなどないため、思考はそこで行き詰まる。

「とりあえず、食料がないと話にならないな。水はあるけど……心もとないし」

考えをまとめるために口に出して整理する。今はただ、帝国の奴らの思い通りになりたくないという一心だ。

ここで立ち止まるのは得策ではない。俺は方針を決めるため辺りを見回した。

森の中であるため見通しが悪い。馬車が去っていった方向は恐らく帝国だ。戻ったところでまた追い出されるのが関の山、八方塞がりだ。

と、一人懊悩《おうのう》していた時。

『魔物の接近を確認しました』

『直感』の効果なのか、脳内に警鐘が鳴る。


――――ザッ、ザッ……ガサッ……。


「ギッ……ギッケケ……ッ!!」

「――――っ」

その姿に最も近い生き物は猿だろう。

身長は俺とほぼ同じ大きさ。百七十センチ半ばといったところだ。腰が曲がり前屈《まえかが》みになっているとはいえ、地につくほどの長さの腕、獲物を狩るためにそう進化したであろう鋭い爪からは血を滴らせ、ソレがまさに狩りの最中であることをまざまざと見せつけている。

そんなヤツと——目が合った。

——逃げろ。逃げろ。逃げられない、手遅れだ。じゃあ死ぬだけだ。逃げろ。逃げろ。

思考が興奮と鎮静を繰り返しまとまらない。状況を嫌でも理解させようとするスキルの効果で冷静にはなるがそれだけだ。状況を好転させる方法など一つも浮かんでこない。

「ギッ、ギェ……ギエエエエエエエェェェェエエエッ！」

「ッ!!　——クソッ！」

惑い動けない俺を見て、ソレは笑みを深め叫んだ。どうやら獲物だと認定されたようだ。

ソレはこちらに向かって走り出した。

俺が悪態を吐きながら身を翻し、背を向け逃亡を図ろうとした、その時。

『魔物との遭遇《エンカウント》を確認。『吊るされた男』の試練の詳細を開示いたします』

『背後の魔物、ゴアモンクからの三十秒間の生存。初回達成報酬、存在強度及び身体能力上昇。――頑張ってね、ハングドマン！』


――は？　試練の詳細？　達成報酬？

情報の波にさらされた思考がまたも暴れ始める。

さらに抑揚のないアナウンスから一転、明らかな意思を感じさせる激励の声。

しかし、答えの出ない思考の中であっても、迫ってくるゴアモンクとやらは止まらない。

その爪でもって俺の脆《もろ》い身体《からだ》を破壊しようと迫ってくる。背後に迫る気配を感じながら、俺はただただ全力で逃げることしかできない。

「っ、マジ、なんなんだよっ！」

「ギェッ、ギェ――ギアアァァッ!!」


――しゃがめっ！


「はあっ!?」

『直感』がそう告げる。しかし、咄嗟《とっさ》の指令に身体が追い付かず、つんのめる形で前に倒れ込んだ。

——ドゴンッッ！

すると、先ほどまで俺の身体があった場所を鞭《むち》のように通過したゴアモンクの腕が、近くの木を殴打した。凄絶な音を立て倒れる木を見て、体温が一気に下がる。

『直感』などなくてもわかる。これを受けたら死ぬ。

冷静にそう理解しているのに、身体は恐怖に縮み上がり動かない。

無様に転がる俺を見て、ゴアモンクがゆっくりと近づいてくる。

——まずいまずいまずい！　逃げろ、無理だ！

『残り、十五秒』

場違いなアナウンスが脳内で告げる。

十五秒後、なにが起こるかは知らないが、今のままではその十五秒後は俺に訪れない。

——どうするっ、どうする!?　いや、まだある。

死の予感に焦燥する思考が無理矢理《むりやり》に鎮静化され、『直感』が一つの方法を指し示した。

それは——木ノ本のペンダントだ。

割れると魔法が発動するようになっている。彼女はそう言っていた。

まさか、たった一週間で約束を破ることになるなんてな……。

「……ごめん、木ノ本。大切にするって言ったのに」

俺は呟《つぶや》きながら、青い水晶のペンダントをゴアモンクに投げつけた。

当のゴアモンクは、獲物のささやか過ぎる抵抗に苛立《いらだ》った様子でその鋭い爪でペンダントを横に打ち払った。


瞬間——パンッ！　と音を立て砕け散ったペンダントの欠片《かけら》は、青い光を伴いゴアモンクへ襲い掛かった。

「ギッ⁉　ギッ、ガガガァ……ッ⁉」

驚愕《きようがく》するゴアモンクを光が包む。俺はその光のあまりの眩《まぶ》しさに目を閉じた。

なぜか肌に感じる冷気に身を震わせ動けないでいると、ゴアモンクの驚愕の悲鳴が止《や》んでいるのに気が付いた。

俺は恐る恐る目を開ける。——そこには。

「……凍っ……てる……？」

予想外の攻撃に目を見開いた表情のゴアモンクの氷像があった。木ノ本のペンダントの中身は氷の魔法だったようだ。

『三十秒、経過。おめでとうございます。試練達成につき、存在強度及び身体能力上昇を実行いたします』

「……え？　……あ、ス、『ステータス』！」

リュート・サカキ　Lv.3

『吊るされた男《ハングドマン》』

力　F－　耐久　G＋　敏捷　F

魔力無保持につき魔力ステータス非表示

総合身体能力評価　F－

ほぼ無意識に呼び出したステータスが更新されている。

書いてある文字は理解できるが、これがどのくらいのものなのかあまりピンとこない。

だが、この世界に来てから初めての朗報だろう。

ようやく、希望が見え始めたか……。

一息ついた俺は、ゴアモンクの氷像に目をやる。

これ……どうすればいいんだ……？

『試練達成につき、新たな試練の詳細を開示いたします。ゴアモンクの討伐。初回達成報酬、存在強度及び身体能力の上昇。初討伐に限り、上昇値補正。――次は君の番だよ！ハングドマン！』

もう――なにがなんだかわかんねぇッ!!　ってかお前誰だよッ!?

脳内で好き勝手に話す声に苛立ちが募る。新たな魔物の到来を恐れ口に出すことはしないが、様々な疑問が溢《あふ》れた。

しかし、思考の鎮静化が行われないのを見ると、現状は危機的状況を脱したのだろう。

すべてにおいて、意味がわからない。

疑問に答えることのない謎の声や、異世界に来てからの数々の理不尽に対する怒りが沸々と湧き上がってくる。元の世界ではほとんど感じたことのない怒りに身体が震えた。

「ああ――……やれば、良いんだろ……ッ！　やらなきゃ、死ぬのは俺だ……！」

『憤怒による『逆転《リバース》』の兆候を確認。──失敗《エラー》。存在強度及び魔力の不足により実行できません。──まだ、君には早いよ、ハングドマン』

だからッ！　意味わかんねぇよ！

氷像の前に立ち、拳を強く握りしめる。

何かを本気で殴ったことなどないが、今はこれが正解だと本能が告げている。

今ある怒りのすべてを、目の前の魔物にぶつける。それが、正解なのだと。

俺は、深呼吸を一つ。そして──

「──滅びろッ!!　クソ帝国ッ!!」

頭の悪い言葉を叫びながら、動かないゴアモンクの顔面に拳を叩《たた》き込んだ。

──パァンッ!!

「…………は？」

たった、一撃。

無造作に放った腰の入っていない素人の殴打により、目の前の氷像は粉々に砕け散った。

『――ゴアモンクの討伐を確認。おめでとうございます。試練達成につき、存在強度及び身体能力上昇を実行いたします』

「『ステータス』」

リュート・サカキ　Lv.12
『吊るされた男《ハングドマン》』
力　F－　耐久　F－　敏捷《びんしょう》　E－
魔力無保持につき魔力ステータス非表示
総合身体能力評価　F

「……とりあえず、食えるもん探そ」

俺は考えるのをやめ、『直感』が指し示す方向へ歩き始めた。

■

「はあ……はあ……、クソッ……」

日が経《た》つにつれ重くなる全身。朦朧《もうろう》とする視界は霞《かす》みがかり始めた。腹痛と、意識を苛《さいな》む嘔吐《おうと》感に今にも力が抜けてしまいそうだ。それでも、背後に迫る脅威からの逃走を試みる。

　この森に入ってから、恐らく三日が経った。

『直感』に頼り安全地帯を見つけ休憩を取りつつ、これまた『直感』の指し示す方向へと歩き続けた。

　この三日で進展したことといえば、俺の能力である『吊るされた男』について、いくつか仮説が立ったことくらいだ。

　まず、『試練』は初見の魔物と、俺より能力の高い魔物にしか発生しない可能性がある。

　例えば、最初に遭遇したゴアモンク。あの後、何体かの同種の魔物との戦闘になったが、そのほぼすべてに『試練』は発生しなかった。

　しかし、一体だけ、他のゴアモンクより大きな体軀《たいく》の個体への発生を確認した。その時の『試練』では、存在強度は上昇したが、身体能力には変化がなかった。

　このことから、身体能力が上昇するのは一種類の魔物につき一回のみなのだろう。

　存在強度の上昇で俺の身体に起こる変化は、自覚できるだけでいくつかある。

　五感や、痛みと疲労への耐性などが強化された。身体能力はそのままの意味だろう。

　ここまで推察した結果、敵と多少の能力の開きがあれば『討伐の試練』が発生し、隔絶した開きがあれば『生存の試練』が発生する。そう考えた。

ゴアモンク、カニバウルフ、アシッドパラス。

俺が討伐したこれらの魔物の一体目には必ず『試練』が発生したことから、初見の魔物で必ず起こるという仮説も立てることができた。

そして――

「はあ……はあ……しつけぇ……っ！」

「クルルゥ……！　――ジシャアアァァァァァァッ!!」

先ほど発生した『試練』。

『目前の魔物、パラズスネークからの三十秒の生存。初回達成報酬、存在強度及び身体能力上昇』

この『試練』により、能力にかなりの開きがあると『生存の試練』が発生すると考えた。

こんな状況であっても、いや、こんな状況だからこそ『慎重』スキルが発動し、冷静に頭を回し続けた。

そして、そろそろだ。

『――三十秒、経過。おめでとうございます。試練達成につき、存在強度及び身体能力上昇を実行いたします』

——来た。

俺はふらつきながら、背を向け逃げていたパラズスネークへと向き直る。

『試練達成につき、新たな試練の詳細を開示いたします。パラズスネークの討伐。初回達成報酬、存在強度及び身体能力上昇。初討伐に限り、上昇値補正』

パラズスネークは身を地に這《は》わせながら大口を開け、俺に食らいつこうとしている。黄色い液体を口から溢れさせ、地面に溢《こぼ》しながら自らの航路を汚す。

『直感』が告げている。あの液体に触れたら終わりだ。

——引き付けろ、引き付けろ……。……今だッ！

パラズスネークが俺をその凶悪な顎で捕らえようとし、速度を上げたその瞬間。

俺は歯を食いしばりながら眩《くら》む視界に耐えると、身を翻し背後の木に向かい跳躍し、その木を蹴り宙に躍る。

俺の下を通過したパラズスネークは、俺が蹴った木にその牙を立て噛《か》み倒す。背後を取ることに成功した俺は、パラズスネークの尾を摑《つか》み振り回すと、今しがた雑に噛み倒された木の鋭利な切り株へとパラズスネークの頭を叩《たた》きつけた。

「っ、おぉ、らぁッ!!」

「ジッ!? ジャアァァ――ジュッ」

無様な断末魔の叫びを上げたパラズスネークはしばらく痙攣《けいれん》すると、動かなくなった。

『――パラズスネークの討伐を確認。おめでとうございます。試練達成につき、存在強度及び身体能力上昇を実行いたします』

「はあ……はぁ……、ガッ……おえぇ……っ、あぁ……はぁ……は……『ステー、タス』」

リュート・サカキ　Lv.47　飢餓状態
『吊るされた男《ハングドマン》』
力　E+　耐久　F+　敏捷　D
魔力無保持につき魔力ステータス非表示
総合身体能力評価　E+

ステータスを確認すると、俺は力なくその場に頽《くずお》れた。

水袋を必死に呷《あお》ると、パラズスネークを縋《すが》るように見つめた。

だが、駄目だ。

「……くそ……こいつも、食えない……」

『直感』が、これを食ったら死ぬ、そう告げる。

俺はもう三日、水以外何も口にしていない。

この森に、少なくとも俺のいるこの近辺に、人間が食べられるものはなかった。存在強度が上がっていなかったら、恐らくもう一歩も動けてはいないだろう。

だが、それもいつまで保《も》つかわからない。

いくら存在強度が上がろうとも、俺はどこまでも人間だった。

なにか……なにか食わないと……っ！

身体《からだ》が訴える異常に、精神も共に摩耗する。

それでも、『慎重』スキルの効果で昂《たかぶ》りが鎮静し、理性を保ち続ける。

『暴食による『逆転《リバース》』の兆候を確認。――失敗《エラー》。存在強度及び魔力の不足により実行できません』

「うるっ……せぇ……ッ！」

この意味不明なアナウンスも、もう何度目かわからない。

俺は地面に手を叩きつけると、震える身体を起こす。『直感』が告げる目的地はもうすぐだ。そこに何があるかはわからない。でも、縋るものが他にない。行くしか、ない。

重い身体を引きずるように歩き始める。

なんでこんなに息苦しいのか。なんでまだ生きているのか。その理由すらもすべて不鮮明なまま、見苦しく森の中を足を引きずりながら進む。どのくらい時間が経ち、どのくらい進んだのか。


——そこで、見た。走る人影を。


距離は近くない。だが、確かに見えた。遠くを横切った人影が。

「——ッ!!」

人だ。なぜこんなところにいるのか。何者なのか。そんなことはどうでもよかった。

俺は残る力を振り絞り走り始めた。

落ちた木の葉を踏みつけ、盛大に音を鳴らしながら走る。魔物が来るかもしれないなどという配慮なんてしている余裕はなかった。

どのくらい走っただろうか。森にしては少し開けた場所が見え始めた。

そして、そこには。

「こっちに来るんじゃないわよっ！　たかだかゴアモンクの分際でこの私を襲うとか、身のほどを弁《わきま》えなさいっ！」

「ギギギッ！　クケケッ！」

存在強度の上昇により強化された五感が、その光景を俺に見せつける。

赤い髪の少女が木を背にその場にへたり込んでいた。こめかみ辺りから黒い角を生やした、とても綺麗《きれい》な少女だ。強気な言葉を発しながら、にじり寄るゴアモンクへ向かい、手をがむしゃらに振っている。

だが、その眼《め》にはありありと恐怖の色が浮かんでいる。

それを見たゴアモンクは嗜虐《しぎやく》的な笑みを深め、涎《よだれ》を垂らしながら、一歩、また一歩と少女に近づいていく。

「あ、あんたなんてねぇ、私が魔法を使えれば一撃よ一撃！　い、今なら……まだ許してあげるわよ？　本当よ？　……だから……どっか行きなさいよっ！　……ほんと……どっか、行ってよぉ……だれか……パパ……ゼラ……ネルぅ……フィーナ……だれかぁ……っ」

「グッッケケッ!!　キイイイイイィィィィエエエエェェェェッッ!!」

俺はありったけの力を込める。全身の力は、もう、ほぼない。

——やめておけ、死ぬ。

『直感』が告げる。その声を無視し、拳になけなしの力を込めた。

——ゴアモンクは食えない。倒しても無意味だ。

俺は疾走を開始した。流れる景色のその一切を置き去りにする。

——あの女は魔族だ。食えない。

角を見ればわかる。黙ってろ。

——何も成せず、死ぬぞ。

もとより何かを成す器じゃない。

できることもなく惰性で生き続けて、異世界に来てからも何者でもなく、せめて誰かのためになれればと話に乗り、こんなところに捨てられた。

そしてまた、惰性と意地で意味のない生にしがみついている。無様にもほどがあるよな。

——見返してやればいい。ここで死んだらお終《しま》いだ。

そんな気力も、もうないよ。だから最後くらい、俺が決める。

————それはお前の力じゃない。与えられた力で自らを終えるのか？

勝手に与えておいて何言ってんだよ。もう返すつもりはない、ここで終わりだ。

最後くらい……——誰かのためにカッコよく死にたいんだよッ！

『誰かのために……うん、それでこそ『吊るされた男《ハングドマン》』だッ！』

視界が開け、光が差し込む。俺は地面を強く蹴り、最高速度に達した。

地に足を滑らせ、慣性をそのままに、下卑《げび》た笑みを浮かべたゴアモンクの前に躍り出た。

「――――え？」

「ギッッ――――!?」

ああ、この手を振り抜いたらヤバいな。身体のエネルギーをすべて使い果たす一撃だ。

でも、満足できる死に様かもな……。

「――心中しようぜ、クソ猿」

「ギエエェ!?　ギッッ――」

ゴアモンクが腕を鞭《むち》のようにしならせながら振り上げる、が、遅い。

全力で振り抜いた俺の拳が、ゴアモンクの顔面を捉えた。

視界が暗くなり始め、何かが弾《はじ》ける音を意識の端で聞きながら倒れ込む。

そして、唖然《あぜん》とする少女の無事を確認した瞬間、俺は意識を手放した。

二章

魔王の娘だそうです

　死んだ。

　帝国の奴《やつ》らの思い通りだ。俺は、勇者じゃなかった。無様に足掻《あが》き、苦しみの中で死んでいく。

　でも、我ながら頑張ったんじゃないだろうか。一介の学生に過ぎなかった俺が、誰かを助けて死ねるなんて、面目躍如の大活躍である。

　なら、最後は笑顔で死んでやる。ざまぁみろ帝国。はははは！


　――とか、思ってたんだけどなぁ。


「ちょっとっ！　なにボーッとしてるのよ!?　早く食べなさいっ！　死んじゃうわよ!?」

「……いや……あの……」

「はいはいっ！　喋《しゃべ》るためじゃなく食べるために口を動かすっ！　ほら！　あーん！」

「むぐっ!?　……ごくっ……ん、うまい……」

「そっ、よかった！　私の魔力が籠もってるから、すぐ元気になるわよ！」

俺は今、助けた美少女に膝枕をされ、さらにあーんをされている。

え、ナニコレ、夢？　だとしたら童貞の妄想全開である。だが、恐らく現実だ。

俺が目を覚ましたのが数分前。彼女が俺を引きずり、今いる洞窟に連れ帰ったのが一日前だそう。

彼女は目を覚まさない俺に、今と同じくすり潰した果物のようなものを与えてくれていたようだ。

そのおかげか、上手《うま》く身体が動かないのは変わらないが、飢餓から来る体の異常は消え去っていた。

そして何よりも衝撃だったのが――、

「まったく！　魔王の娘を救ったやつがこんなところで死んじゃうとか、情けないったらないんだからっ！　元気になるまで安静っ！　わかった!?」

「……え、あ……わ、わかり……ました……」

「ふんっ！　不敬よ不敬！　私の命令には、『仰せのままに』って答えるのっ！　さ、もう一回！」

「……お、仰せのままに……？」

「うんっ！　よろしいっ！　……ふふっ」

こんなことを言うのだ。

いやヤバ過ぎるだろって。え？　魔王討伐に必要ないって捨てられた俺が魔王の娘と飯食ってる件について。ラノベじゃん、この状況。

本当に魔王の娘だったらもちろんヤバいし、嘘《うそ》だったらそれはそれでヤバい。

しかも、しかもだ。


『アルカナ保持者からの魔力供給により両者へ存在強度の加算を実行いたします。対象者。『吊るされた男《ハングドマン》』——『太陽《ザ・サン》』——いやぁ、流石《さすが》にこれは予想外だよ。もってるね、ハングドマン！』

「……なんだこれ」

「……？　どうしたの？」

「あ、いえ……なんでもありません……」

「そう……？　……あっ！　もしかして身体《からだ》が綺麗になってることに驚いたの？　ふっふっふっ、それはね、私が洗浄魔法をかけてあげたのよ！　ホントだったらもっとすごい魔法が使えるんだけど……今はこれが限界なの、我慢なさいっ！」

「……あ、ありがとうございます」

的外れなことを自慢げに語っているが、そうじゃない。

彼女にはこのアナウンスが聞こえてないのか？

『うーん……届いてないみたいだねぇ……なんか封印掛けられてるっぽい。多分、呪いの類いじゃないかな？』

お前、急にめっちゃ喋るじゃん……誰だよお前……。

『だって、ハングドマン面白いんだもん！　誰かのために死にたいんだよ！　とか言っておきながら自分のことしか考えてないとことか、マジで人間だねぇ。自己満足お疲れ様！』

うるせぇよ。

痛いところを突いてくるくせにこちらの質問には答えない謎の声。

黙りこくる俺を、彼女が不思議そうに見ている。

そういえばまだ名前を聞いていなかったな。

「あの、すみません。……助けてもらって不躾《ぶしつけ》なんですが……お名前は……？」

「私？　そういえばまだ名乗ってなかったわね！　んっんん！　――私はルルノア！　正真正銘、偉大な魔王の一人娘。ルルノア・ル・ルルキアよっ！　さぁ、讃《たた》えなさいっ！」

そう、大層に名乗るルルノアさんはものっすごいドヤ顔なのだが、整った顔から繰り出されるそれはすごく絵になっている。

端的に言えば、めちゃくちゃかわいいのだ。

「……魔王の娘が、なんでこんなところに？」

「私、昨日誕生日だったでしょ？」

いや、でしょって言われても知らないんだけど。

「でね、その贈り物の中に、魔封呪と転移の魔具が隠されていたみたいでね……そのまま、気付けばこんなとこってわけっ！　あっ、魔封呪っていうのはたくさんの魔力を使えなくするっていう呪いなの！　ひどいと思わない!?」

「は、はぁ……それは……」

呪い……というか、そんな贈り物されるって、それ殺されそうになったたってことじゃん。

「そういうあんたはなんでこんなとこにいるわけ？　ここ魔族領よ？　人族の来る場所じゃないわ！　危険よ！　まぁ、私にとっては庭みたいなものだけどっ！」

「庭で遭難して襲われて泣いてたんですか……？」

「う、うっさい！」

ルルノアさんは顔を赤くして俺の額を優しく叩《たた》く。

なんでこんなに距離近いんだろう……。

俺は自分の素性を明かすか悩む。普通に考えれば敵だ。だけど、なんだろう。

俺の顔を見ながら嬉《うれ》しそうに笑う彼女を見て、毒気を抜かれたのだろうか。

「……信じなくてもいいですけど……一応、勇者、もどき……みたいな。……異世界の人間だったり、します」

「──────」

ルルノアさんが固まった。かと思うと、すぐに目を輝かせながら勢いよく話し始めた。

「異世界っ⁉　ホントに⁉　すごい！　私初めて見たわ、異世界人！　話には聞いたことあるけど！」

「え……えっと……そっち、ですか？」

「……？　どっち？」

「いやだから……勇者……」

「うん、人族の中でも強い人のことよね？　確かにあんたは強かったわね！　助けてくれたし……その、か、かか、かっこ、よかったしっ！」

あの、ドキドキするんで恥ずかしそうな顔しないでくれませんかね。

『ひゅー、やるね！　ハングドマン！』

黙ってろ。

『辛辣だよ～』

脳内でのやり取りもそこそこに、俺は力を入れて身体を起こす。

少し眩暈《めまい》がするが、飢餓状態の時ほどじゃない。

「ちょっ⁉　ダメよ！　まだ寝てないと──」

「──俺は、魔王を、あなたの親を殺すためにこの世界に喚《よ》ばれました。敵……なんです。

それを知っても――」

「寝てなさいっ!!」

俺は肩を引っ張られ、元の膝の上に戻らされた。

「え、なんでだよっ!?」

「パパを殺すぅ？　こんな森でお腹《なか》すいて死にかけてたやつが何言ってんのよ！　ってか、魔族の私を助けた時点であんた矛盾してんのよ！」

「そ、それはっ……俺はただ、満足できる、死に方をですね……」

「――死に、方？　……死のうとしてたの？」

ああ、余計なことを口走ってしまった。もう……自棄《やけ》だ。

「俺は……捨てられたんですよ」

「――――」

異世界に召喚されてから今日までのことを、ただ淡々と語っていく。

数十名で召喚され、勇者ではないと言われて、この森に厄介払いだ。

身寄りもなく、行く当てもない。生き抜いても希望はなく、復讐《ふくしゅう》なんて以《もっ》ての外《ほか》だ。

生き続ける意味も見失った。

もう、死んでしまいたかったんだ。

いや、異世界に来てからだけではない。

漠然とした将来への不安とか、周りへの劣等感とか。世間では、死ぬのは悪いことだ。だから生きていた。それだけだ。

そういう諸々《もろもろ》に、もう辟易《へきえき》していたんだ。

魔物を殺して生き延びながらも、どこか自分の人生の落とし所を探していた。魔物に殺されるのではなく、飢餓で野垂れ死ぬのではなく、納得できる落とし所を。

「そこに、たまたまルルノアさんがいた。それだけです。あなたを助けたのは、結果的にそうなっただけなんです。……あなたの命の危険を、人生の華にしようとしたんですよ、俺は」

我ながらあまりに自分勝手だ。確かに俺は勇者じゃないな。

「…………そう、そうなの」

「……はい、そうなんですよ。だから、俺はあなたが思うような人間じゃないんです。あなたみたいな人にかっこいいなんて言ってもらえる人間じゃないんです……」

くだらないよ。本当に。

自分を貶《けな》して、達観したふりして、人に言われる前からわかってる感みたいなの出して、話して数分の女の子にこんなこと言って。

気持ち悪い。自分に酔っちゃってんじゃねえの？　ほらまた、頭の中で自分を貶す。

本当に死ん——

「それでも、いいわよ。かっこよかったもの。初めてなのよ……他人に、命を懸けて守ってもらったのなんて」

「――――」

「魔王の娘なんて……敵が多くてね？　こんなとこにいるのがその証拠よ！　怖くて……寂しい。あっ、もちろん友達はいるのよ？　でも、魔族って命を狙い合う種族なのよ。バカみたいよね」

あっけらかんとそう語るルルノアさんは、それでも真剣な眼差しで俺を見つめる。

「だから、あんたが助けてくれたのがすごく、すっごく嬉しかったのっ！　名前も、顔も、何も知らない死にかけのあんたが、助けてくれた。打算があってもいいの。助けてもらったのには変わりないでしょ？　……あ！　そうよ、名前！　名前は!?」

「……え……あ、リュート、です」

「リュート！　私はね、死んでほしくないわ、あんたに。助けてくれた人に、死んでほしくないの。何もおかしくないわよね？　だから、こんなにお世話してるの！」

照れたように目を逸《そ》らしながら、それでもはっきりと俺に声をかけるルルノアさん。

正直に言うと、めちゃくちゃ嬉しい。

チョロい、チョロいよ俺。でも嬉しいんだ、仕方ない。

だけど、嬉しいだけだ。

何をしようもない状況や、恐ろしい魔物。俺を殺そうとしたルクス帝国の奴《やつ》ら。

この世界で生きるのは、俺にはきつい。

心が、折れてしまった。

「ありがとうございます。でも、もういいんです。もう、どうしようもなくて……」

「じゃあ、リュート――」

ルルノアさんが俺の頬に手を当てる。


「――ウチに来なさいっ！」


「……は？　……ウチ……って」

「魔王城よっ！」

いや、いやいやいやいや……！　マジで言ってんのかこの人……っ！

「……流石に……無理では……？」

「なんとかするわ！」

「なんとかって……」

「もうっ！　うじうじしないのっ！　いいこと!?」

「――ッ！」

そう言うと、ルルノアさんは俺に馬乗りになり両手で俺の頬を挟みながら、顔を近づけた。

「生きる意味とか言うんだったら私があげるわ！　リュート！　あんたが今まで意味のない人生を送ってきたのは、この世界で！　私を助けるためよ！　そして、これからは！　――私を、守るために生きるの」


……なんだよ、それ。

どんだけ自分に自信あんだよ。ていうか意味のない人生だなんて言った覚えない。

一度、たった一度助けただけだ。なのに、

「なんで、そんなに……」

「言ったでしょ。死んでほしくないの。私はね、外聞も気にせず、臆面もなく、会ったばっかりのあんたにははっきり言えるわ！　――あんたが生きててくれてよかったわ。だから私が今、生きてるんだもの」

魔族に死体を晒《さら》すためにここに捨てられた俺に、魔族がそんなこと言うなよ。

「……俺は……どう……」

戸惑いを口にする俺を見て、ルルノアさんは嬉しそうに口角を上げた。

「迷ってる時点で決まってるじゃない！　諦めた人は迷わないわ！　リュート、もう一度言うわよ！　――私のために、生きなさいっ！」

「…………っ」

ああ、多分。ルルノアさんを助けたのが運の尽きなんだ。もう、死なせてはくれないのだろう。なら、俺も彼女を死なせられないな。

互いに、命を繋《つな》ぎ合ったんだから。

「リュート！　私の命令よ！　返事は!?」

「――仰せの、ままに……っ」

彼女の笑顔は、太陽のように眩《まぶ》しかった。

■

……ん、だけどなぁ。

「わったしっはみっらいっのまっおうっさま〜！　ふんふふん――」

「……ルルノアさん、本当にこっちであってるんですか？」

「ふんふふ――ええ、間違いないわ！　あと半日も歩けば、この森を抜けて、魔王城が遠くに見えるわ！」

長めの木の棒を振りながら自信満々にそう言うルルノアさん。

頭の悪そうな鼻歌を楽しそうに歌う姿は、先日俺を説教した人と同一人物とはとても思えない。

あの洞窟での出来事から、はや二日。

俺はルルノアさんを護衛しながら、彼女の案内に従い森を進んでいた。

その道中――、

「ジッ⁉　ジシャアアアァァァァァァ！」

「へ、蛇⁉　リュ、リュートッ！」

「はい」

俺はパラズスネークの開いた大口を下から無理矢理《むりやり》閉じるように拳を振り上げる。

パンッ、と森に響く破裂音を残し動かなくなる頭部を失《な》くしたパラズスネーク。

ルルノアさんはそれを見ると安堵《あんど》し、満足そうに頷《うなず》くと再び歩き出した。

それに付き添い歩く俺は、簡単に弾《はじ》け飛んだ魔物の姿に瞠目《どうもく》しながらステータスを呼び出す。

リュート・サカキ　Lv.82
『吊るされた男《ハングドマン》』

力　C　耐久　D　敏捷《びんしょう》　B
魔力　D
『太陽《ザ・サン》』の魔力により身体能力上昇
総合身体能力評価　C

ルルノアさん……すごい人なんだよな……多分。

この二日、ルルノアさんが見つけた果物で食い繋いできた。その時籠められた魔力の影響だろうか、身体能力が軒並み上がっている。

『うんうん、随分と様になってきたねハングドマン！　……この存在強度と魔力があれば、『逆転《リバース》』もいけるね！』

お前暇過ぎるだろ……ていうか、そのリバースってのは……。

『むっ、失礼な！　ボクにだって生活はあるんだよ！　君ら二人のあっさい会話にだって口を挟まなかっただろ？』

あ、浅くねぇ！　俺は必死に悩んでたし、ルルノアさんの言葉に助けてもらった！

『はいはい、生まれて十数年、出会ってすぐの男女の会話なんて古今東西どこでだって浅いものだよ。気にしないで』

お前なぁ……仕方ないだろ、異世界に来てから初めて優しくしてもらったんだから……。

『うわっ……薄情だね君！　ボクずっと見てたんだからねっ！　同郷のかわいい女の子いたじゃないか、あのペンダントくれた子！』

……ペンダント？　――何の話だ？

そこで、ずっと聞こえていた謎の声が急に静かになった。

……どうした？

『………君さ。最初のゴアモンク……どうやって倒したか覚えてるかい？』

なんでそんなこと……あれ？　どうしたんだっけな……なんか、驚いて固まってたんだっけな……？

『…………ふーん』

なんなんだよ、急に。

そうして、歯切れの悪い脳内暇人との会話に辟易していたところへ、ルルノアさんが声を上げた。

「リュート！　あれ見なさいっ!!」

「あれって……煙？」

ルルノアさんが指差す先には、遠くに黒煙と紫煙が並んで上げられていた。

明らかに人為的に上げられたそれに微《かす》かな警戒をしつつも、『直感』が働かないところを見ると危険なものではないようだ。

「あれ、ウチの騎士団の狼煙《のろし》よ！　近くまで探しに来てるんだわ！　行きましょリュート！」

「あっ、ルルノアさん⁉　待ってくださいっ」

俺も待ちきれない様子で走り出したルルノアさんを追って走り出す。

気丈に振る舞ってはいるが、やはり心細かったのだろう。とても嬉《うれ》しそうだ。

俺がルルノアさんに追いつき並走していると、彼女は俺の後ろに回り、背中に飛び乗ってきた。

「ル、ルルノアさんっ⁉　何やってるんですか⁉」

「走りなさいリュート！　騎士団に合流よっ！　きっとゼラもいるわ！　魔王城に帰れるのよッ！」

「だ、誰ですか、ゼラって……」

「友達っ！」

ルルノアさんは、はしゃぎながら赤い光を上空に打ち上げている。

俺は身体能力の上昇により軽くなった身体を、地を蹴り前へと押し出す。景色が後ろに引っ張られるように変わっていく。

「きゃーっ!!　速い速いっ！　リュートッ！　すごいわっ！」

ルルノアさんが俺にしがみつき、さながらジェットコースターにでも乗っているかのように楽しそうに叫ぶ。

かわいい……かわいい。大事なことである。

狼煙を見ながら方向を確認しつつ、邪魔な木を蹴り倒していく。強引なショートカットの甲斐《かい》あってか、狼煙との距離が近づいているような気がする。

ルルノアさんも度々上空に光を打ち上げ、こちらの位置を知らせているようだ。

ルルノアさんを騎士団に届けたら……俺も一緒に帰れるのだろうか。正直、その場で殺されてもおかしくはない。でも――、

「リュートッ！　魔王城へ帰ったら、まずパパに紹介するわっ！　それからネルにも！　ゼラにこれから会うけど……安心しなさい！　私の命の恩人なんだから胸を張っていればいいわ！　ゼラ、人族はあんまり好きじゃないけど……どうにかなるわっ！」

未来への展望を淀《よど》みなく語るルルノアさんを見ると不安も和らいでいく。

これからどんなみら――跳べっ!!

「――――ッ！」

「きゃあっ！」

『直感』に従い真上に跳んだ俺の下をソレが通過する。

それは俺の目に黒い線のように映った。

実体を摑《つか》めないほどの速度で通り過ぎたソレは、自身の行路にあるすべてを薙《な》ぎ倒《たお》し破壊の爪痕を残した。木々や大岩をまるでガラス細工のように粉砕し、着地した俺の視界の中で停止した。

ソレは、

「……狼《おおかみ》……か？　……象って言われても納得するぞ、おい……」

「グウゥゥゥウルル……ッ！」

鎌首をもたげ、悠然と身を起こすソレは圧倒的な存在感と威圧感を放つ黒い狼だ。

象のような巨体に、サーベルタイガーにあるような飛び出た二つの牙、口からは黒い液体を滴らせている。その液体は地面に落ちると、熱した鉄板に落ちた水滴のように蒸発しながら地面を溶かし、腐臭をまき散らす。

赤い眼光が揺らめくその視線は、明らかに俺を捉えて離さない。

だが、俺がヤツの一撃を躱《かわ》したからだろうか。様子を窺《うかが》うようにこちらを睨《にら》むに留《とど》まっている。

「ルルノアさん、こいつ……」

「げっ！　……ダーテブラッドヴォルフッ！　なんでこんな浅いとこに出てくんのよっ⁉

まずいわっ、逃げましょう！」

「そんなにヤバいヤツなんです……？」

「ええっ、激ヤバよ！　本調子の私でもめんどくさいヤツよっ！」

本調子のルルノアさんがどのくらい強いかは知らないが、とても焦っている様子だ。

だが、逃げようにも目を離した隙にさっきの速度で突っ込まれたら躱しきれる自信がない。あまりにも距離が近過ぎる。

予断を許さない状況に焦りが募る。

焦りが視野を狭め、思考を縛りつけ——、そこで、はたと気付く。

思考の鎮静化が、行われない。

『慎重』スキルの効果で危機的状況であれば焦りを抑制してくれるはず。

なのに俺は焦り続けている。

つまりこいつは……ルルノアさんが言うような魔物じゃないんじゃないか……？

その仮説を立てた瞬間、数日ぶりのアナウンスが脳内に響いた。

『敵性存在との遭遇を確認。『吊るされた男《ハングドマン》』の試練を詳細を開示いたします』

『目前の存在の死塚《しづか》の大狼《たいろう》の討伐。なおこの『試練』は、『逆転《リバース》』を前提に据えたものです。——よって、試練内容及び達成報酬は、『逆転《リバース》』の内容に応じて変容いたします』

やっぱり……！　ルルノアさんが言った魔物と名前が違う……！

こいつはルルノアさんが懸念する魔物に似た別の魔物である可能性が高い。

だけどなんだこれ!?　目前の存在？　魔物じゃないのか？

内容と報酬の変容？　今までにない情報が多過ぎる……！

っていうかそろそろ『逆転《リバース》』がなんなのか教えてくれよっ！　前提にされても知らないんじゃ意味がない……！

『うへぇ……!?　あのバカ狼、なんでこんなとこにいんのさっ!?　どっかのアホが飛ばしたの!?　なんか様子も変だし……！　呪いかな……弱ってるみたいだけど……』

おい！　なんだその反応!?　俺勝てるんだよねこいつ!?

『いや良かったねホント！　会ったのが『太陽《かのじょ》』じゃなかったら君ここで死んでたわ！』

そういうのいいからっ！　『逆転《リバース》』ってなに!?　それが必要なんだろ!?

「グルルゥ……ッ！　ガアアアアアアアッ!!」

「リュートッ！　早く逃げなきゃっ！」

こちらを睨む黒狼が前脚を地に叩きつけ、咆哮《ほうこう》する。

その咆哮は、空間を揺らすような錯覚を覚えるほどのものだ。

ルルノアさんが焦りながら俺の肩を揺らす。

しかし、謎の声はそれに構わずゆっくりと言い聞かせるように語る。

『逆転《リバース》』に必要なのは、存在強度と魔力。他はモノに依《よ》るんだけど……

『吊るされた男《きみ》』の場合は、感情に左右されるんだよ。君が今使えるのは……憤怒と暴食だね、どっちか選ぼう！』

なんだよそれ!? 憤怒と暴食って……意味わかんねぇよ！ もうどっちでもいいよ!!

この状況をなんとかできるなら何でもいいんだ！

自分を守る力でも、ルルノアさんを守る力でも、ここから逃げる力でも、アイツを倒せる力でも、なんでもいいから――、

「さっさと――全部、寄越《よこ》せよッ!!」

「リュ、リュート!?」

「グガアアアアアアッ!!」

突如叫んだ俺に弾《はじ》かれるように死塚の大狼が動き出した。

四本の脚を折り、一気に伸ばし全身を跳ね上げた。そうして跳躍すると、真上からの食いつきを試みてくる。俺が上に跳んで回避したことを学習し、再び躱されることを防ごうとしたのだろう。目で追うのがやっとだ。

――速い。速いが、しかし。予備動作が多過ぎた。

『強欲による『逆転《リバース》』の兆候を確認。……通過《クリア》、存在強度が規定値に達しています。通過《クリア》、必要魔力量保持を確認。承認《オールクリア》、これより『吊るされた男《ハングドマン》』の『逆転《リバース》』を開始します』

『要するに、タロットの逆位置のことなんだよ。そして、『吊るされた男《ハングドマン》』の逆位置の意味はね――欲望に負けた者、さ』

景色が停止する。色が消える。

それに反比例するように、鼓動が早まり、全身が熱を持つ。

『逆転《リバース》』を発動後、『叡知《えいち》』、『直感』、『慎重』スキルの効果が消え、この領域内での『試練』が行われなくなり――』

なんでも良いから早く寄越せよ。俺の力なんだから、使えるもんは全部使ってやる。

俺は頭に流れ込んだ言葉を無意識に紡いでいく。

「我、己がために財寶《たから》を天地に積む。それを蟲《むし》と錆《さび》とが損ない、汝穿《なんじうが》ちて盗むなり。――我、あらゆる富を徴収し、あらゆる能を押収し、あらゆる力を蒐集《しゅうしゅう》する、収奪者である」

『目先の力に目が眩《くら》み、将来の光を費やすのか君は……正しく、欲望に負けた者だね』

その名は――、

「『強欲なる黒死の仮面《マヴァアリティア》』」

■

夥《おびただ》しい量の黒い魔力の奔流が空へと立ち上る。

美しい空を汚すそれを、魔王国の誰もが見上げた。

かつてないほどのその凄絶な光景に眼を剝《む》く者や、魔力の禍々《まがまが》しさに膝を折る者がいる。

「ゼラ副団長！　あの魔力は一体……」

「総員、行隊を早めろ。ルル様の身に差し迫る一大事かもしれない」

「はっ！」

ゼラと呼ばれた少女は、森へ向かう足を早めつつ緊張と焦燥を覚えた。剣の柄《つか》を落ち着きのない様子で撫《な》でる。

（ルル様をお守りするのが私の使命……。だが、あの魔力はなんだ……！　私に太刀《たち》打《う》ちできるものなのか……）

しかし、その懊悩《おうのう》を頭を振って搔《か》き消すと、隊の先陣を切り森へと突貫していく。

隊員たちもゼラの後を追うが、大半の面々の顔には怖《お》じ気《け》が張り付いている。

この先に、どんな悪魔が待ち構えているのか。

その想像が隊員たちの足を鈍らせていった。

■

『強欲による『逆転《リバース》』を確認。試練及び報酬内容が変容いたします。目の前の存在、死塚の大狼の無力化。達成報酬、存在強度の上昇及び死塚の大狼の永久支配権』

身体《からだ》の熱が収まっていく。視界が鮮明になり、景色が動き出した。

俺は、上から降ってくる黒狼を一瞥《いちべつ》すると、凶悪なその肢体に向かって手を翳《かざ》す。

自分の力をどのように使えばいいか、手に取るようにわかる。

「『不可侵財寶《ゲニウス》』」

「グッッ!!　……グ……ググゥ……！　……グオオォォ……グガアッ！」

俺の手から黒い魔力が放出され、黒狼を包み込む。それは球体へと姿を変え、俺が手を振り下ろすと、それに従うように地面に叩きつけられた。

地を揺らす衝撃と共に魔力の球体が弾ける。すると、黒い鎖で縛られながらもその巨躯《きょく》を捩《よじ》り、吠《ほ》え続ける死塚の大狼の姿が顕《あらわ》になった。

その様子に、思わずといったようにルルノアさんが声を上げた。

「……リュ、リュート……？　よね？　その力……格好も……どうなってるの……？」

「え、ええ。実のところ俺もなにがなんだか……でも、俺の力、みたいです」

ルルノアさんが驚くのも無理はない。

俺は今、黒く長い外套《がいとう》を身に纏《まと》っている。自分ではわからないが、顔にも何かが張り付いているようだ。なのに、視界が今までになく澄み切っている。

『うっひゃ〜っ！　中二カッケーッ！　それあれでしょ！　ボク知ってるよ！　ペストマスクだよね！　異世界の仮面だ！』

中二って……確かに黒いコートとかそれっぽ過ぎるけどさ……。

動けない死塚の大狼を見据えながら、俺はステータスを呼び出す。

リュート・サカキ　Lv.82　逆転状態《リバース》
『強欲なる黒死の仮面《マヴァアリティア》』
力　D　耐久　B＋　敏捷《びんしょう》　G
魔力　A＋
総合身体能力評価　D
『不可侵財寶《ゲニウス》』　怨敵から自由を簒奪《さんだつ》する黒い鎖を操る魔法
『財宝を貪る者《ゴブリン》』　触れた対象から力、耐久、敏捷を吸収する魔法
対象に状態異常、呪いが存在した場合、吸収昇華し、身体能力に加算する。
吸収昇華で加算されたステータスは永続的なものになる。
『反撥する魔狐《グリードウルペ》』　引力と斥力を操る魔法

『黒死を啄む嘴《マモン》』　あらゆる者に隷属を強いる魔法
なお、これらの魔法の効果は『逆転《リバース》』解除時、一部を除き無効化されます。
『逆転《リバース》』残時間……十分。

ステータスに結構変化があるな。身体が重いのは……敏捷の低さが原因か……？

そんなことよりなんだこの魔法、完全に悪役の能力じゃねえか……！

一番最後のやつとか使っちゃ駄目だろこれ……。

だが、悩んでいる時間はない。最後の記述を見るに、どうやら制限時間がある。

やるしかないみたいだ。

俺は、縛られ地に伏している黒狼《こくろう》から距離を取り、ルルノアさんをその場に降ろす。

「ルルノアさんは、ここで待っていてください」

「え、ええ！　わかったわ！　いや、わかんないけど……わかった！　リュート、あいつをボコボコにしてやりなさいっ！」

「……はい、仰せのままに。必ず、守ります」

「――ッ！　……ぁ、うん……」

俺は死塚の大狼に近づいていく。

俺の接近に黒狼は鎖を鳴らし抵抗を激しくするが、俺が空を掴むように掌《てのひら》を閉じるとより強固に鎖が締め付けられ、その抵抗が一瞬収まる。

しかし――、

「グ、ギッ！　オオオオオオオオオオォォォォォォッ！」

死塚の大狼の全身を瘴気《しょうき》が包み、膨張する。

その体積に耐えられないように、甲高い悲鳴を上げながら黒い鎖が砕け散った。

目の前で牙を剝《む》き出し眼光を鋭く光らせる黒狼は、完全に俺を獲物ではなく排除すべき、打破すべき敵と認定したようだ。

だが、そんなことはどうでもいい。

奴《やつ》の闘志だとか、戦意だとかはどうだっていいんだ。

限られた時間の中で、俺に許されているのは激闘や死闘ではなく、蹂躙《じゅうりん》。ただそれだけだ。

俺は両手を眼前に翳す。

「『反撥する魔狐《グリードウルペ》』」

敏捷が著しく低いこの状態での、俺が持ち得る機動力の生命線。それがこの魔法だ。

平たく言ってしまえば、超強力な磁力を俺自身と他の物体との間に作り出すものだ。

例えば、俺の右手にN極、死塚の大狼の鼻先にS極を作り出す。

すると――次の瞬間。

引力により黒狼の眼前に俺の姿が現れる。

そして、俺の右手をＳ極に変えることで、斥力により強い衝撃を伴い黒狼を弾き飛ばす。

「グオォッ⁉　――――――ッ‼」

足を引力により地面に縫い止めた俺は、すぐさま黒狼へと吸い付くように移動する。

黒狼も引っ張られるように俺に吸い寄せられてくる。

「なんだ、でかい割に軽いじゃねえか！」

俺は黒狼とぶつかる刹那に身を屈《かが》め、奴の下に潜り込み、上に向かって斥力を発動した。

空気が炸裂《さくれつ》する音と共に打ち上げられた黒狼を追うように、俺は三次元の動きを展開する。

背の高い木々に引力と斥力を使い、次々跳び移りながら高度を上げ、一番高い木の頂上から、浮き上がっている黒狼の上へと跳躍した。

空中でなす術《すべ》なく動けないでいる黒狼の首根っこを上から掴む。

「――落ちろっ！」

黒狼を地面に向かって弾き飛ばす。

そして、黒狼が衝突する地面と俺との間に強力な引力を発動する。地面へ向かい高速で落下する俺を躱《かわ》す術は、黒狼にはなかった。

地面に転がる隙だらけの腹に向かって全体重をかけ着地する。

「メテオっ！　つってなっ！」

「グッ、ギャアアアアァァァァ……ッ!!」

死塚の大狼が叫ぶ。俺は警戒し、黒狼から距離を取った。

だが、先ほどの攻撃がよほど効いたのか、苦しそうな呻《うめ》き声《ごえ》を漏らすだけに留《とど》まっている。

「『不可侵財寶《ゲニウス》』」

再び、死塚の大狼が黒い鎖に拘束される。警戒を続けながらも、動けず声を漏らす黒狼の傍らにしゃがみ込む。

「ああ……頭いてぇ……どうするかなこれ……無力化ってことは……これかな、『財宝を貪る者《ゴブリン》』」

「グウウウゥゥッツ……グッ……ガアァァァ……ァァ……ッ」

俺は死塚の大狼の眉間に手を当てて、魔法を発動した。

すると、黒狼の唸《うな》り声がみるみる小さくなっていく。黒狼の身体から強張《こわば》りがなくなり、脱力したように抵抗が緩慢になる。口から溢《あふ》れていた黒い液体も粘性を失くし、その場に垂れ流している。地面を溶かすようなこともない。

『『財宝を貪る者《ゴブリン》』の効果により、死塚の大狼に付加されていた狂走呪《きょうそうじゅ》を吸収、昇華し、身体能力に加算します。なお、この加算は通常時にも永続いたします』

力が漲《みなぎ》る。全能感に思考が麻痺《まひ》し、万能感が身体を突き動かそうとする。

だがそれを努めて抑えながら、油断を排除していく。

早く、ケリをつけないと……。

『――死塚の大狼の無力化を確認。おめでとうございます。試練達成につき、存在強度の上昇を実行いたします。さらに、死塚の大狼への永久支配権を獲得。対象の屈服を確認、行使しますか？』

『おー！　やるじゃんハングドマンッ！　初めからこんなに使いこなせる人、なかなかいないよ！　才能あるね！』

はいはいありがとう。……んで、この支配権ってなに？　どうすればいい。

『んーまあ、簡単に言うと〝仲間になりたそうにこちらを見ている〟って感じかな。バカ狼らしい浅慮だね～』

言われてみれば、死塚の大狼の赤い眼に理性を感じる。

弱っているが、こちらから目を離そうとしない。

ならば――――、

「却下だ」

『死塚の大狼への支配権の拒否を確認。支配権を保留いたします』

「悪いけど、自分のことで手一杯だ。金もないし、生活も保証できない。よって、お前みたいなデカイペットなんて飼ってる余裕はねーんだよ」

俺は黒狼の腹に手を添える。

「ま、できるもんなら、もうちょい小さくなって出直してこい。できるもんならな」

黒狼の眼に意思のようなものが宿ったのはきっと俺の見間違いだろう。多分。恐らく。

『あーあーあー、この子にそんなこと言っちゃって……ボク知ーらないっ』

謎の声がまた意味不明なことを言っているが、身体を倦怠感《けんたいかん》が包み、思考能力が縮んでいく。

すると、死塚の大狼が力尽きるように目を閉じた。

呼吸はしているので生きてはいるのだろうが、現状トドメを刺す手段を持ち合わせていない。

「……トドメ……どうすっかな……」

『ま、なんか変な呪い掛けられてたみたいだからもう大丈夫じゃない？　元々好きで人を襲う子じゃないから……バカだけど……』

「そう……か……」

謎の声に耳を傾ける余裕がない。視界が歪み、ふらついてくる。

「早く……戻ろう……『反撥する魔狐《グリードウルペ》』……」

魔法を発動すると、様々な物体を経由しながらルルノアさんの前へと戻ってきた。

「リュートッ！　だ、大丈夫⁉　ふらふらしてるじゃない！」

「ルルノア……さん……無事……」

「あんたのほうが無事じゃないわよっ！」

そんな問答をしていた時、タイムリミットが訪れた。

『十分経過。『逆転《リバース》』を終了いたします。なお、魔法により吸収したステータスは『強欲なる黒死の仮面《マヴァアリティア》』に保管されます』

仮面と外套が糸の束がほどけるように消えていく。

意識が朦朧《もうろう》とする。ルルノアさんは、倒れ込む俺を抱き留めるように支えてくれた。

「ありがとうっ、リュート……！　こんなに、頑張ってくれてっ……！」

でも、まだ、ルルノアさんを……守らないと……。

するとそこへ、遠くから聞き馴染《なじ》みのない声が聞こえてきた。

「ッ！　ルル様っ！　御無事ですか⁉」

「ゼラッ‼　無事よっ！」

聞こえてくる無数の足音と、安堵《あんど》に満ちたルルノアさんの声を聞きながら意識を闇へ落としていく。

「リュートの、おかげで……！」

最後にそんな声が聞こえた気がした。

腕の中で、確かな温《ぬく》みと息遣いを伝えてくれるリュートを抱き締めながら、その場に座り込む。

■

なんで、こんなに愛《いと》おしいんだろう。

会ったばっかりのこの人が、今は何よりも愛おしい。

「ルル様……それは……人族……ですか」

「それじゃないわ。リュート。次言ったらゼラでも許さないわよ」

「…………」

ゼラも、騎士たちもなにも言わない。でも、それでいい。

今は、リュートの鼓動を感じることだけでいい。

「……わたしの……リュート……」

無意識に呟《つぶや》いたその言葉は誰に届くこともなく霧散した。

■

あれ、どこだ、ここ……？

瞼《まぶた》を開けると、大きな窓から差し込む朝日が眼に刺さり意識が明瞭になっていく。

横になっているであろう俺の目線の先には見たこともない豪奢《ごうしゃ》な天蓋があり、身体《からだ》が沈み込むほど柔らかなベッドに寝かされているようだ。

「まじで、どこだ……」

「お目覚めになりましたか？」

「うおぉっ！」

跳ねるように身体を起こし声がした方へ目をやると、大きな扉の前にメイド服を着た色素の薄い女性が立っていた。

「えっと、ど、どなたでしょうか……？」

「これは失礼を。私《わたくし》、魔王城にて侍女長を任されております、フィーナと申します。以後、お見知り置きを、リュート様」

「あっ、すみません、不躾《ぶしつけ》に………って、あれ、俺の名前……しかも……魔王城って……」

おい、まさか……ここ……！

「ルルノア様からお話は伺っております。ええ、それはもう鬱陶しいほど伺っております。それはそれは、いい加減にしてほしいほど伺って――」

「あ、あの……」

「……失礼しました。お察しの通り、ここは魔王国。その全土を統べるお方、魔王様のお屋敷。通称、魔王城にございます」

……まじか。まじで来たのか……。

大幅ショートカットなんてもんじゃない。俺が召喚された目的の場所に、来てしまった。

俺、どうなんの、これ……？

「リュート様がここに運ばれてきたのが、丁度二週間前になります。身体が傷だらけでしたので回復魔法を掛けさせていただき、食事等も適宜強制的に摂食していただきました。ご容赦ください」

「にっ、二週間前っ⁉　ずっと寝てたんですか⁉」

「ええ」

なんでもないように言ってのけるフィーナさんを思わず凝視してしまう。

そんな俺を気にも留めず、フィーナさんは部屋の扉を開け、廊下を手で示す。

「それでは、重ね重ね失礼なのですが、私についてきていただきます。——魔王様がお待ちです」

俺は再び瞠目《どうもく》した。


だだっ広い廊下をフィーナさんの後に続き歩く。

赤い絨毯《じゅうたん》が満遍なく敷き詰められ、外部に面した大きな窓からは、日が差し込んでいる。

数々の扉や元の世界でお目にかかったことのない絵画、なんで置いてあるのかわからない甲冑《かっちゅう》などに目を惹《ひ》かれつつも、突き当たりに辿《たど》り着いた。

そこに上下階に続く階段などはなく、魔法陣の様なものが床に描かれている。

フィーナさんがメイド服のポケットからトランプくらいのカードを取り出し、こちらを振り返る。

「リュート様、こちらの魔法陣にお乗りください。魔王様の執務室にご案内いたします」

「……はい、わかりました」

心の準備とか何一つできてないんだけど……。

魔法陣に乗った俺にフィーナさんも続いた。

フィーナさんがカードを翳《かざ》すと魔法陣が発光する。

一瞬の浮遊感。

次の瞬間、眼前の景色が一変した。

同じ構造の廊下なのだが、そこは黒い壁に窓がなく、絨毯の色も黒だ。なのに先ほどの廊下と変わらず高級感を損わない雰囲気が顕在している。

そして、廊下の奥にある大きな扉に意識を奪われた。

「リュート様、参りましょう」

「は、はい……」

有無を言わせない雰囲気でフィーナさんがつかつかと廊下を歩き、それに続くと扉の前に行き着いた。

フィーナさんが四回ノックをする。

こっちの世界でもプロトコルは同じなのかと場違いな関心をしていると、部屋の中から声がした。

『おう、いるぞー』

「失礼いたします」

なんとも気の抜けた返事を受けてフィーナさんは扉を押し開けた。

大きな扉とは裏腹に部屋はそこまで広くない。

部屋を囲むように設置されている本棚や中央のソファーなど、黒で統一された部屋。

奥の机の向こうに一人の男性が座っている。作業の途中だったのか万年筆を片手に顔を上げこちらを見ている。

見た目は二十代後半くらいだろうか。赤い髪に金色の瞳。端整な顔立ちの美丈夫だ。ルノアさんにどこか似ている。

と、いうことは……。

「リュート様、前へどうぞ」

フィーナさんに先を促され、生唾を飲み、緊張しながら前へと歩く。

「あー、フィーナ。ミリーとノイド呼んでこい。その間に、話しとくわ」

「かしこまりました。リュート様、失礼いたします」

「あっ、フィーナさんっ……」

呼び止める俺を気にかけずにフィーナさんが退室した。

置いてかないでくれっ……！

無慈悲に閉まる扉を見送ると、振り返り、目の前の人物と目が合う。

「ま、座ってくれ」

「は、はい。……失礼します」

俺が部屋の中央に置いてあるソファーに座ると、男性が立ち上がり、対面するソファーに腰をかけた。

魔物などに遭遇した緊張感とは違う。

存在ではなく、立ち居振る舞いから放たれる威厳に気圧《けお》されていると、男性が柔らかく微笑《ほほえ》んだ。

「あー、そんな緊張しなくて大丈夫だ！　娘の恩人だ。取って食ったりしねえよ」

「わ、わかりました」

とても友好的な態度にいささか強張《こわば》りが取れる。

この人が……魔王。なんか、思ってたイメージと違うな……。

「まず、自己紹介からだな。俺はアルトエイダ・ル・ルルキア。名前長《なげ》えだろ？　みんなアルトって呼ぶから、お前もそうしてくれ」

「えっと……アルト……様……？」

「はっはっは！　客人扱いのお前が様付けする必要はねえよ！　けど、まあ今の内から慣れとくのも良いかもな」

慣れ？　なんの話だ……？　いや、まず、俺も自己紹介しないとか。

「俺は、リュートです。すみません、礼儀とかよくわからなくて、失礼があるかもしれません……」

「ああ、ルルから話は聞いてる。礼儀とかはまた追い追いな！　今は客人だ！」

快活そうに笑うアルト様。いや、いい人だな。この人を討伐……無理だろ。

ルルノアさんの件があったとはいえ、少なくとも俺には帝国の奴《やつ》らの方が悪に思えた。

そんな俺の内心を知ってか知らずか、アルト様は俺の目を見つめ真剣な表情で続ける。

「──何よりもまず、ありがとう。ルルを助けてくれて、本当にありがとう。魔王なんて肩書き背負ってるから、簡単に動けなくてな……情けねえよ。だから、ありがとう」

アルト様が俺に向かって深々と頭を下げる。

「い、いえっ。そんな……俺も助けてもらいましたし……顔を上げてくださいっ」

頭を下げるアルト様にいたたまれなくなり、焦りながら頭を上げてもらう。

アルト様は、申し訳なさそうに笑った。

「今は形式だけだけどよ。今度、必ず褒美取らすから、勘弁な。……んで、呼び出しといてなんだが、時間なくてな、ちゃっちゃと済まそう。悪いな、リュート」

「と、とんでもないです……！」

驚きの腰の低さに恐縮してしまう。

言葉遣いなどは粗雑なものなのだが、そこからは想像もつかないほど為政者にありがちな傲慢さなどは感じられない。

「まず、聞きたいことが二つある。一つはまあ、ただの確認事項だから後回しだ。俺がお前をここに呼んだ本題は、お前がルクス帝国から叩《たた》き出された理由だ。能力がないんだって？」

「……なるほど」

帝国から追い出された勇者。ルルノアさんが話したのは恐らくこの話だ。能力がないから追い出された勇者がルルノアさんを危機から救った。確かに矛盾している。間者と疑われても無理はない。

「そこは、俺にもよくわからなくて……正確には、ないんじゃなくて、見えないというか……」

「ハッ、『吊るされた男《ハングドマン》』ッ⁉　おいそれ、アルカナじゃねえかっ⁉　……いやでも、見えない……？」

「え、と……『吊るされた男《ハングドマン》』って言うんですけど……」

「見えない……？　……どんな能力なんだ？」

思わずといったように腰を浮かせるアルト様。

そして、少しの間逡巡《しゅんじゅん》するとはっと顔を上げた。

「おい、リュート！　そのステータス見せてもらっても良いか？」

「え、ええ、もちろん……」

俺は戸惑いながらもステータスを呼び出し、アルト様に見せる。

すると、ステータスを見たアルト様は訝《いぶか》しげな表情を浮かべる。

「確かに見えねえな……。リュート、このステータス、誰に見せた？」

「……ルクス帝国の皇女です」

思い出すと少し胃が痛くなる相手だ。できればもう会いたくない。

「そいつだけか？　……他に誰かいなかったか？」

「えっと……」

どこか必死な様子のアルト様に聞かれ、記憶を掘り起こしていく。

でも、他に人なんて――

『どうされましたかな、勇者様？』

あ、そういえば。

「確か……最初に、杖《つえ》を持ったおじいさんに見せました……」

「杖を持ったジジイねえ……当たりだな。……『隠者《ハーミット》』の野郎……」

アルト様は納得したように頷《うなず》き呟《つぶや》くと、俺の目をまっすぐ見据えた。

「リュート、お前のステータスは見えないんじゃねえ、隠されたんだ。高度な隠蔽スキルでな」

「隠、された……？」

「ああ、恐らく間違いねえ。こんなことできるやつ……『隠者《ハーミット》』のジジイしかいねえ」

理解が追い付かない。理解する前に圧倒的に前提知識が足りな過ぎる。

アルカナとは何なのか。そもそも、魔王国と人族の関係は？

何もかもが中途半端に放り出されている。

この疑問を、アルト様に投げ掛ける。そうしなければ、話を進められない。

「……アルト様、時間が許す限りで良いんです……俺に、その辺りのことを教えていただけないでしょうか？」

「そうか……なにも知らずにここまで来たんだもんな………わかった。簡潔に説明する」

そう言い、アルト様は話し始めた。

「まず、アルカナって呼ばれてる能力についてだが、現状あまりよくわかっていない。そのどれもが強力な能力であること。それと名前と、恐らく持っているのが世界に二十一人いるってことくらいか。この国にも数名いる。お前のステータスを隠したジジイもその一人だ。『隠者《ハーミット》』な」

「……その人は、なぜそんなことを……？」

「なんでだろうな……俺も何度か会ったことはあるが、摑《つか》みどころのないジジイだ。自分の能力を披露して、消えてった。何であんなことをしたのかもわかってねえ……」

アルト様曰《いわ》く、『隠者《ハーミット》』と呼ばれる老人の能力は〝隠すこと〟に特化しているらしい。

自身や他人の姿、ステータス、果ては記憶までをも隠すことができるらしい。

総括すると、情報操作と言ったところだろうか。

俺のステータスを隠し、孤立させることで何をしようとしたのか……思い付かないな。

「帝国は、アルト様を討伐しようとしているんですよね？　……なら、俺を追い出す理由はないじゃないですか……強力な能力なんですよね？　アルカナって」

「そうだな……まず、ジジイが帝国の人間って線はねえよ。昔っから根なし草だ。誰かに仕える柄じゃねえ。あのジジイにかかれば、どっかの国に忍び込むとか朝飯前だろうしな……今のとこ、俺を討伐させないためってことも考えられる」

「アルト様を、討伐させないため……？」

そうだ、まずなんでルクス帝国は魔王や魔族を討伐しようとしているのか。人類が脅かされているとかなんとか言っていたが、この様子ではどうにも嚙《か》み合わない。

「まず、人族と魔族の敵対ってのはな、人族《あちらさん》からの一方通行なんだよ。魔族が魔物を操っているってのが、一部の人族の中での通説だ」

その話を聞けば、今の状況と明らかに矛盾しているのがわかる。なぜなら。

「……ルノアさんは、魔物に襲われていました」

「そういうことだ。魔物ってのは第三勢力。俺らとは無縁の、全く別の生き物なんだよ。だけど異世界からの勇者ってのはその知識がない。知らされない。城に閉じ込められて、魔族を殺すために鍛えられるんだ」

「では、魔族が人類の敵っていうのは……？」

「嘘《うそ》だよ嘘！　現にエルフやドワーフ、ドラゴニュート、獣人族に精霊族。その他諸々《もろもろ》の種族の国と、魔王国は交易中だ。平和なもんだよ。ま、個人的に人族に付くやつもいるが、基本的に種族間での戦争なんて起きちゃいない」

マジかよ……。魔族のイメージがガラリと変わっていく。

話を纏めると、魔族っていうのは力を持った普通の種族ってことになる。

聞いていた話と全然違う。

「ルクスは人族の国の中でも魔王国に近いからな、魔力が豊富な土地やら資源やらに思うとこがあるんだろう。言っちまえば、私利私欲だな」

「く、くだらねえ……」

「はっははは！　まったくだ！」

話を終えたアルト様は両手を打った。

「よしっ！　質問に対する答えはこんぐらいか？」

「は、はい！　ありがとうございました」

「おうおう、気にすんな！」

笑い飛ばすアルト様に、ルルノアさんと同じ優しさのようなものを感じてしまい、笑みが溢《こぼ》れる。

親子、なんだな。良い親だ、羨ましい。

けど、話しただけなのにどっと疲れたな……。ルクス帝国のあまりの身勝手さにも呆《あき》れ果《は》てたし……。

あ、そうだ、確か。

「あの、アルト様」

「ん？　どうした？」

「いえ先ほど、聞きたいことが二つあるって……」

「あ、あー……それな……ま、ただの確認だ。あんま期待もしてねえんだけどよ」

どうにも歯切れが悪そうだ。アルト様も苦笑いしている。なんだろう？

「あー、リュート、お前よ。……ちっこい犬の獣人の奴隷とか下僕っているか？」

「…………は？」

思わず、間の抜けた声が出てしまう。

あれ、アルト様話聞いてた？

異世界来てすぐあの森に放り出された俺に、そんな暇がなかったのはわかる。

いや、アルト様もそれを知っていたから歯切れが悪かったのか。

「いえ、あの……いませんけど……？」

「そう……だよな。そりゃそうだ。悪いな、変なこと聞いて」

「何か、あったんですか？」

「いやな、魔王城《ウチ》の中庭によ、一週間くらい前から黒いのが住み着いててな……なんでも、主《あるじ》を出せってうるさいんだってよ。んで、魔王城に住むやつら全員顔を合わせたんだが、誰も違うらしくてな……あとはお前だけなんだが、お前も違うとなると単純な勘違いだな」

「はあ……」

「で、悪《わり》ぃんだけどよ……とりあえず、顔だけ合わせてやってくれねえか？　それで違うとなれば、諦めて帰ると思うんだわ」

「ええ……構いませんよ」

「そうか。本当、起きたばっかなのに悪いな」

本当に申し訳なさそうなアルト様に、思わず笑いそうになってしまう。

魔王が庭に住み着いた犬に振り回されている様がどうにも可笑《おか》しくて面白かった。

すると、アルト様は少し情けない表情を引き締めた。

「……リュート。帝国に戻りたいか？」

「……………え？」

なぜそんなことを聞くのだろう。

今ここにいるのは帝国に捨てられたからだ。そんな俺が帰りたいなんて……。

「帝国がお前を追い出したのは『隠者《ハーミット》』のジジイが原因だ。能力が見えてれば、こんなことにはなってない。だから、今帰って力を見せれば、また戻れると思うが……」

なんだ、そんなことか。それなら答えは決まっている。

「戻りたいわけありませんよ。今手の平を返されても、なんとも。能力がない人間をそれ

だけの理由で捨てるような国にいたくありません。仲の良い友人も一人もいませんでした
し」

「おう、そうか！」

アルト様はとても嬉《うれ》しそうに笑い、こんなことを言い出した。

「じゃ、予定通り、魔王城《ウチ》で使用人やるってことで良いんだな？」

「……ん？」

知らない予定が立てられているな。

え？　あれ？　俺使用人やるの⁉

「俺、ここで働くんですか⁉」

「……ん？」

次はアルト様が困惑の声を上げた。なんか、行き違いが起きている。

「ま、待て待て！　あれ？　お前ルル付きの執事やるんじゃねえの？　俺、そう聞いてるんだけど……」

「だ、誰にですか⁉」

「え、ルル……」

一瞬の後。

「「……あー」」

二人で、顔を覆い、天を仰いだ。

ルルノアさんの独壇場であった。

「マジかよ……本人の承諾なしって……マジかよ」

「あ、あはは……えっと、どうしましょう……」

「どうするもなにも……お前が運び込まれた当日にルルがごねまくって手続き済ませてるそこっちは……！」

ルルノアさん、いつもこんな感じなんだろうな。数日一緒にいただけだが、らしさが伝わってくる。

急な話だけど、うん。ルルノアさんが望んでくれたなら。

「アルト様。俺を、雇っていただけませんか？」

断る理由はないな。

「ま、マジ？　いいのか？　かなり急だけど……」

「その、逆に俺で良いんですか？」

「ああ！　助かる！　ルルってよ、天使みてえな顔してるだろ？　だから国民からの人気が高くて、使用人やりてえってやつも山ほどいんだよ。けど、なかなかルルのお眼鏡《めがね》にかなうやつがいなくてな……そこに、今回の事件だ。これはいよいよ無理にでも護衛つけなきゃなって思ってたとこに、リュートを執事にする！　って言うもんだから、丁度良いってことだ」

熱量がすごい……。ルルノアさんを本当に大切に思ってるんだろうな。

「もちろん、リュートにはしっかり使用人としての技術、心構えを習得してもらうけどな！　そのために、いま人を呼んでるから少し待っててくれ」

「わ、わかりました。……けど、魔王城の人たちから反感買ったりしないですかね。一応、人族ですし」

「ああ、それなら一部を除き問題ないと思うぜ。なにせこの二週間、ルルが城中の人間にお前があの森でやったことを四六時中触れ回ってたからな。ダーテブラッドヴォルフを無傷で倒したんだってな？」

そう問われ、俺は気まずくなった。

あの狼《おおかみ》は、そんな名前ではなかった。

「あ、いや、その……それは誤解と言いますか……魔物違いと言いますか……」

「あ？　……どういうことだ？」

「『吊るされた男《ハングドマン》』の能力でわかったんですが……俺が倒したのはそのダーテ……なんとかではなく――死塚《しづか》の大狼《たいろう》って魔物でして……」

「し――――」

アルト様が絶句した。

だが、あの魔物も強力だったことには変わりないはずだ。

あの『逆転《リバース》』という能力がなかったら勝つことはできなかった。

「それでも、大丈夫でしょうか……？」

「――ああ、問題ねえよ。問題なんて、ねえ」

俺はホッと胸を撫《な》で下ろした。

その時、扉からノック音が鳴る。

『アルト様。ミリー様とノイド様をお連れいたしました』

「おう、入ってくれ」

『失礼します』

扉が開くと、フィーナさんと角の生えたがたいの良い男性、そして猫のような耳と尻尾を生やした背の低い女性が部屋に入ってくる。

三人が俺の前に並ぶと、アルト様が説明をしてくれる。

俺も立ち上がり、三人に目を向けた。

「まず、お前の基本的な教育をしてもらうことになるフィーナだ。さっき会ったよな」

「改めまして、フィーナでございます。よろしくお願いいたします、リュート様」

「こ、こちらこそ、お願いします！」

「そして、こっちのがたいの良いのがノイド。ウチの料理長やってんだ。ノイドに教わって、ルルが頼んだもん作れるようになってもらうぜ」

「おう！　ノイドだ！　お前が噂《うわさ》の坊主か！　料理の経験は⁉」

「いえ、軽いものぐらいしか……」

「ほほう、実質一からってわけか……！　腕がなるぜっ！」

「よ、よろしくお願いします！」

そう言いながら豪快に笑うノイドさんは、とても人好きする笑顔だ。

頼り甲斐《がい》がありそうだ。

「最後は、猫の獣人のミリーだ。ウチの庭師をやってくれてる。今回呼んだのは件《くだん》の獣人への案内役としてだ。けど、これからよく会うことになる。よろしくしてやってくれ」

「はいにゃ～！　ミリーです！　よろしく！　リュートにゃん！」

「よ、よろしくお願いします……」

リュートにゃんて……。

あざとい。かわいい。あざとい。けど、明るくていい人そうだ。

「紹介は以上だ。話も終わったし、俺は仕事に戻るぜ。ノイド、そろそろルルが帰ってくる時間だ。晩餐《ばんさん》の用意をしてくれ。リュートの歓迎会だ。やらねえとルルがキレる。絶っつっつ対キレる。ま、それがなくても、俺がやってやりてえ。頼んだ」

「お任せくだせえ！」

威勢良く返事をしたノイドさんは、急ぎ足で部屋から飛び出していった。

「ミリーはリュートを中庭に連れてってやってくれ。あの獣人に顔見せだ」

「りょーかいですにゃ〜！　いこーリュートにゃん！」

「あ、は、はいっ」

急に手を引かれ体勢を崩しつつも扉に向かう。そのまま振り向きアルト様を見る。

「あ、あのっ、本当にありがとうございましたっ！」

「おう、期待してるぜ！　リュート！」

「はいっ！」

手を上げながら何気なくアルト様が言う。

期待してる。ただその一言が胸に染み渡っていく。

アルト様とルルノアさん。あ、ルルノア様になるのかな？　どちらにせよ、この方たちには頭が上がりそうにないな。

俺はミリーさんに手を引かれ部屋を出た。

■

部屋に残ったアルトエイダとフィーナは無言のまま静かになった部屋に佇《たたず》んでいた。

賑《にぎ》やかさから一転、部屋には静謐《せいひつ》が満ちている。

「アルト様、どうかされましたか？　私への指示がありませんでしたが……」

「ああ、少しな」

　アルトは執務机に戻ると、椅子に腰掛け背凭《せもた》れに体重をかけた。顔には疲労が色濃く浮かんでいる。そのまま少しの間万年筆を手で弄ぶと、音を立てて机に置いた。

「フィーナ、ダーテブラッドヴォルフの痕跡は？」

「ええ、騎士団の報告の通り見つかりませんでした」

「そう……か」

　リュートが打破したはずの魔物、ダーテブラッドヴォルフ。

　ルルノアから話を聞いた騎士団がトドメを刺そうと捜索をしたのだが、跡形もなく消えていたという報告。フィーナに頼んだ再調査も空振り。

　ルルノアがリュートの功績を詐称するためという可能性は限りなく低いと考える。そんな必要がないからだ。

　そしてなにより――

『死塚の大狼って魔物でして……』

　リュートのあの言葉。異世界に来たばかりのリュートが、知っていていい名前ではない。

　アルトの中ですべてが繋《つな》がった。

「フィーナ、死塚の大狼だってよ……」

「──あり得ません」

「はは、そう、だよなぁ」

名前を聞いただけで、あり得ないと唾棄できるものだ。

アルトだって納得はいっていない。

魔王国の辺境の森にいるはずがないのだ。〝アレ〟が、いるはずがない。

いたとしても倒せるはずがない。だが、しかし、アルカナ持ちであれば話が違ってくる。

「リュート、アルカナ持ちだった」

「──」

フィーナから反論の声は出ない。

アルカナという言葉は、彼女にとってもそれほど絶対的なものなのだ。

だと、すれば。

そうなのだとすれば。

「アルト様……中庭……」

「ああ……そうだな……どうなってんだマジでっ!」

アルトが珍しく声を荒らげる。そして、フィーナにも稀有《けう》な困惑が見て取れる。

「あれは……犬の獣人なんかじゃない……っ!」

耳が犬によく似ている。だから、犬の獣人だと断定したのだ。そうではない可能性は〝ほぼ〟なかったから。

魔物の血を引く種族が存在する。

その種族は狩りや闘争の際、魔物の血を活性化させ身体《からだ》の形状を変化させる。それにより、他の獣人とは隔絶した力を得るのだ。

だが、そんな危険な種族を、日和見《ひよりみ》かつ臆病、しかして残忍な人族が放っておくはずがなかった。

人族はエルフの力を借り、数でもってその種族を根絶した。

したように思えた。

ただ一人、いや、一匹。獣を見逃した。

そして、〝ソレ〟は破壊した。壊乱した。崩壊を呼び、壊滅した。

西に雄ありと謳《うた》われた大国を一夜にして食い破った。

そして、『新生神域』と言われるエルフの大森林。その、凡《およ》そ半分を喰《く》らい尽くし姿を消した。

数多《あまた》の死を積み重ね、死骸を撒《ま》き散らし、死臭を引き連れ大陸を闊歩《かっぽ》した人狼族の復《ふく》讐鬼《しゅうき》。

人族は、後悔と懺悔《ざんげ》、恐怖と惶怖《こうふ》をもってこう呼んだ。

——死塚《しづか》の大狼《たいろう》、と。

■

俺は中庭にて、どうすることもできずに立ち尽くしている。

俺たちを囲うようにできた魔王城に住む者たちによる人垣。その中心で俺は困惑の極みにいた。

目の前に傅《かしず》いた小さな少女。

地面につくのではないかと思うほど伸ばし、なおも艶を失っていない黒髪。その上に乗った、狼が持つような耳。傅きながらも、俺の眼から逸らそうとしない紅玉の瞳。ボロ布を羽織り、裾からは黒い尻尾《のたま》が見えている。

そして、こんなことを宣うのだ。

「あるじ……ちっちゃくなって……来たよ？」

いや、誰ぇ……………？


中庭の人垣がざわつく。

「どうした？　なんの騒ぎだ？」

「い、いや、あの獣人の嬢ちゃんが動いたんだよ！」

「マジか！　一週間くらいぴくりともしなかったあの子か!?」

「それよりあの男誰だよ……見たことねえ面だぞ」

「バッ、おま、ルルノアお嬢様の恩人だよ！」

「なにっ!?　あの弱そうなのが!?」

「それ、ルルノアお嬢様の前で絶対言っては駄目ですよ……！　同じようなことを言った騎士がどうなったことか……」

中庭で休憩をしていたであろう騎士や給仕の人たちが好き勝手に話している。

だが、今そんなことはどうでもいい。

問題は俺に傅くようにしている目の前の少女だ。

「えっと……とりあえず、立ってください……！　傅かれるような覚えもありませんし……」

「ん、あるじが言うなら、立つ」

立ち上がった少女は、それでもなお俺の前から動こうとしない。

ボロ布が上半身をすっぽりと覆い、風に揺られている。太ももの半ばまでを覆うそれは、服と呼べるものではなく、その下から覗《のぞ》く白い陶器のような肌をさらしている。

ホントに誰だよ……、主とか呼ばれる覚えないぞ俺……。

それに服もないとか……何が起こってるんだよ……。

とりあえず話を聞かないことにはどうにもならないか。

「それで、あなたは……」

「シュヴァテ……敬語も不要」

あ、名前か……シュヴァテさんね。敬語が不要って言われてもな……。

「それで、そのシュヴァテさんは」

「シュヴァテ」

「ええ、だからそのシュヴァテさんは」

「シュヴァテ、敬語も不要」

あ、話進まねえや。

表情に乏しく声に抑揚がないのだが、頑として呼び捨てとタメ語を強要してくる狼《おおかみ》少女。

初対面相手に不遜過ぎない？　とは思わなくはないが、こうなっては仕方ない。

「……シュヴァテはなんでここに？」

「ん！　あるじに会いに来た」

「あるじ……って、俺……？」

「そうだよ」

さっぱりわからん！

まずい……話が摑《つか》めないぞ……！　しかも、内容もまずい……！

こんな衆人環視のなかで、あるじ、あるじと連呼されるのはいたたまれない。

俺には、こんなロリ美少女とご主人様プレイを敢行した覚えなど皆無だ。

「えっと……初対面……だよね……？」

そう聞くと、シュヴァテは首を横に振った。

あれ、違うの？

「森で、痛いのと苦しいのと辛《つら》いの、治してもらった。あるじ、強かった。あと、ちっちゃくなってこいって言われたから元のかっこで、きた」

待て、待て。

めっちゃ身に覚えあるぅ……！　いやでも……あり得るのか……!?　めっちゃデカイ狼だったじゃん！

その思考に行き着いた俺は先ほどと遜色ない困惑に陥る。

彼女が言ったことを纏めると……。

「え、てことは……死塚の大狼……？」

「ん！　そう！」

異世界すげえなぁ……。

俺は場違いな感傷に浸った。

■

「ホントに申し訳ございませんでしたっ！」

「いや、リュート。顔上げてくれ……別に気にしてねえよ……驚きはしたけどな」

俺は今、先ほどの執務室でアルト様に土下座をしていた。アルト様の横には、ここまで再度案内してくれたフィーナさんが立っている。

俺の勝手な小さくなってこい発言のせいで、要らぬ心労をかけてしまっていたことを謝罪していた。

俺に土下座をされ、なんとも言えない顔をするアルト様。

俺はアルト様に言われた通り顔を上げると、ソファーに座った。そこへ、俺の横に立っていたシュヴァテが膝の上に座ってくる。

柔らかっ！　……いや違うそうじゃない！　なにやってんのこの子!?

「へえ、随分と懐かれてんじゃねえか」

「そう、みたいですね……どうしよ……」

「あるじ、元気出して」

元凶、君だけどね……。

膝に座り耳をピコピコと動かしながら、机に置いてあった菓子を頬張るシュヴァテ。俺の腹に当たっている尻尾も嬉《うれ》しそうに跳ねている。

かわいい。けど、あの狼なんだよなあ……。

「んで、どうすんだリュート。そいつ」

「……とりあえず、元いた場所に帰ってもらうのが良いかと思うのですが……」

「……あるじといたい」

「って言ってるが？」

そんなこと言われても……。

どうすればいいかわからない俺を見て、アルト様は仕方なさそうに笑った。

「リュート、そいつ、死塚の大狼だろ？」

「なっ……！　ご存じなんですか……？」

「ああ、よく知ってるよ。ちょっと重い話になるが、悪いな、聞いてくれ」

そう言ってアルト様はシュヴァテについて話し出した。

一族郎党が皆殺しにされた、人狼族ただ一人の生き残りであること。

彼女が行った殺戮《さつりく》の内容や、その後行方がわからなくなっていたことなどを包み隠さず、すべて。

膝の上のシュヴァテが震えているのがわかる。何に対してなのかはわからないが、身体が強張《こわば》りながらも耳が垂れている。あまり、いい感情ではなさそうだ。

「と、まあ、こんな経緯なわけだ。お前、なんであの森にいた？」

「……わからない。……気付いたらあそこにいて……呪いをつけられてて……あるじが助けてくれた」

「俺たちのことを襲ったのは呪いがあったからってことか？」

「動くものを見ると……攻撃しちゃうようになってた……ごめんね、あるじ」

俺の質問に答えるシュヴァテは、なお震えながら意気消沈している。

そんなシュヴァテの頭を優しく撫《な》でる。あまりにも痛々しいその姿に思わず手が伸びた。

人族の身勝手な理由で一人にされたシュヴァテ。

似ている、と思った。……俺に。

シュヴァテは大変な思いをして、辛く、寂しいこれまでを送ってきたんだ。俺なんかと重ねるのもおこがましい苦痛だっただろう。

けど、共感してしまった。同情してしまった。

シュヴァテは頭を撫でる俺を不思議そうに見ている。

「アルト様。それが、人族の自業自得っていうのは……主観が入り過ぎでしょうか？」

「いんや、同意見だな。現にその殺戮以来、そいつの姿は確認されていなかった。復讐を終えた後は、人族を襲うこともしなかったしな」

「そう、ですか」

あまり、いい考えではないかもしれない。

けど、正直……顔も名前も知らない人たちの死に涙できるほど聖人ではない。目の前にいるシュヴァテの孤独の方が、よっぽどの寂寥《せきりょう》として俺に降りかかった。

「シュヴァテ……なんで、俺といたいんだ？」

「……シュー、帰る場所、ない……どこにいても魔物に襲われる。でも、他の種族に見つかったら怖がられる」

怖がられる、か。優しいな。きっと襲われたこともあるだろうに。

謎の声も言っていたが、好きで人を襲う子ではないのだろう。

ただ、大切なものを奪われたことが堪えられなかったんだ。

「でも」

シュヴァテは、縋《すが》る様な目で俺を見る。

「あるじ、シューより強い。シューのこと怖がらない。一人にしない。一緒にいたい。寂しい。話したい。遊びたい。一緒にごはん食べて、一緒に寝て、おはようって言いたぃ……っ……死にたくないよ……シュー、ひとり………やだ……っ」

もう、だめだな、これは。


「………アルト様」

「おう、いいぜ」

「……まだ、何も言ってないです」

「んな泣きそうな顔してたらわかる。お前、もう身内なんだから遠慮すんなよ。そこまで懐狭くないつもりだ。俺、魔王だぜ？」

かっこいいな、親子揃《そろ》って。

俺はシュヴァテの目を見つめる。

「シュヴァテ、俺で良かったら、一緒にいさせてくれ」

「……いいの？　迷惑じゃ……ない……？」

「ああ、一緒にいたい。それに、ここには俺より強い人もいるし、シュヴァテを怖がらない人もいるはず」

「……っ……ん、あるじと、いるっ……」

シュヴァテは俺の胸に顔を埋《うず》め、震えている。

でも、先ほどの震えとは違う理由だ。

胸が熱くなる感覚を覚えながら、シュヴァテの背中をさする。

「フィーナ、とりあえず服用意してやれ。部屋は……リュートのとこでいいか」

「はい、かしこまりました。それと、『魔核三姫《まかくさんき》』のご帰還の報告があがっております」

「お、ルルたち帰ってきたか。それじゃ、俺も早めに仕事終わらすか！　二人の歓迎会もあるしな！　な、リュート」

「……はい、ありがとうございます」

アルト様は俺の返事を聞くと、フィーナさんを伴い部屋から出ようとする。

「色々手続き済ませてくっから、お前らは落ち着くまでここにいていいぜ。行くぞ、フィーナ」

「はい。リュート様、シュヴァテ様のお洋服を持って参りますのでお待ちください」

そう言うと二人は部屋を後にした。

もらってばっかりだな。ちゃんと、返していかないと。

「頑張ろうな、シュヴァテ」

「？　……ん、あるじと、がんばる。…………！　そうだ、あるじ。支配権」

「支配権……？　ああ、あったなそんなの。でも、要らなくない？」

支配って言葉が、なんか聞き心地がよくない。

でも、シュヴァテは首を振り俺の服を摑《つか》む。

「あるじとシューのつながり、欲しい。おねがい」

「……そうか、わかったよ」

まだ、不安なのだろう。

やっと見え始めた希望を、見える形でとっておきたいのだろう。

『保留中の支配権行使の意欲を確認。行使しますか？』

ああ。

『支配権を行使します。行使に伴い『強欲なる黒死の仮面《マヴァアリテイア》』へ保管中のステータスの返却が行われます、よろしいですか？』

構わない。

すると、シュヴァテの首が光り始めた。その光が消えると、シュヴァテの首に、首輪のような黒い首飾りが着いていた。

シュヴァテはその首飾りを愛《いと》おしそうに撫でる。

「あるじ……ありがとう」

「ああ。……ところで、その〝あるじ〟ってのやめない？　ちょっと、慣れないというか……」

「？　……あるじは、あるじだよ？」

心底不思議そうに首を傾《かし》げるシュヴァテ。本当に理解できないといった様子だ。

思えば、中庭で会った瞬間からあるじと呼んでいたな。

「その、なんで、あるじなんだ？」

「……わかんない」

おい……。

しかし、シュヴァテは「でも」と言いながら自分が羽織っているボロ布をぎゅうっと掴むと、目を潤ませ顔を上気させる。息も少し荒くなっている。

あれ？　なんか様子が……。

不安になる俺をよそに、シュヴァテは続ける。

「あるじに縛られてっ……地面に押し付けられてっ、勝てないって思ってっ……その時にね……」

シュヴァテの目は肉食獣のそれであった。

「――お腹《なか》の奥がぎゅうってなってっ……あるじだって……ゆうの」

これ、ちょっとまずいかも。

危なげな雰囲気を醸し出したシュヴァテを服を持ってきてくれたフィーナさんに預け、その場から離脱した俺は、自分が寝かされていた部屋へと戻っている最中だ。

ちょっと怖かったな……。けど、きっと甘えの延長だと信じたい。いや、そうに違いない。うん。

思考を切り替えると、フィーナさんにもらったカードを翳《かざ》しながら魔法陣を起動させる。

浮遊感の後、最初に見た廊下へと景色が切り替わる。

歓迎会で俺が準備することはないらしいので、始まるまで部屋で休んでいていいとのことだ。

俺は扉の前に着き、それを押し開けた。

「まったく、リュートってば！　目が覚めたっていうから、いっそいで来てあげたのにっ！　いないってどういうこと⁉　……すぅ……………はぁ……ふへへ…………仕方ないから、ここで待っててあげるしかないわねっ！　ホント！　仕方ないんだから！　……すんすん……すは――――」

俺は扉をそっと閉めた。

あれ？　おかしいな。疲れてんのか？　色々あったしな、うん。今のは幻覚だ。

俺が寝ていたベッドに身体《からだ》を投げ出し、うつ伏せで枕を抱き締めたルルノアさんがいるはずがない。

いるはずがない……のだが………。

俺は扉を大きな音を立てノックする。

「――っ⁉　ま、待ちなさいっ！　……………………入って良いわよ！」

「失礼します」

俺は再びドアを押し開ける。

無人のはずのこの部屋にノックをしたことに対する違和感などは感じていないようだ。

相当慌てているんだろうな。

「ッ！　リュートッ！」

「ル、ルルノアさん⁉　なんでここに⁉」

我ながら白々しいが、ルルノアさんの沽券《こけん》に関わる事態だ。知らないふりを突き通す。

ルルノアさんが嬉《うれ》しそうに駆け寄ってくる。

「身体はもう大丈夫？　痛いところとかない？　本当なら私が付きっきりで看《み》てあげたかったんだけど、仕事があってね……でも、心配してなかったわけじゃないわ！　仕事中もずっと考えていたもの！　その仕事もかなり早めに切り上げてきたしねっ！」

「あ、ありがとうございます……」

早口で捲《まく》し立てるルルノアさんに気圧《けお》されつつも、感謝を述べる。

本当に心配してくれていたようで嬉しくなった。

「と、というかリュートッ！　その服っ！」

「あ、ええ」

ルルノアさんが飛び跳ねながら俺の周りを一周する。

そう、俺が今着ているのは元の世界の制服ではなく、フィーナさんが持ってきてくれたこの城の執事服。

俺が気を失っている間に採寸をしてくれていたようで、ルルノアさんの執事専用の意匠が施されている特別製らしい。

「ルルノアさん、俺、魔王城で使用人をすることになりました。ルルノアさんの執事だそうで……」

「――ッ！　そうっ！　そうなのっ！　パパも認めてくれてね！　これからやる歓迎会でみんなに紹介するわ！」

ルルノアさんは跳ねながら喜びを表現している。

それから、歓迎会が始まるまで部屋で二人きりで会話をした。

ルルノアさんに対する感謝であったり、逆に、ルルノアさんから俺に対する感謝であったり。

そして、これからの話に花を咲かせた。

そうしている間に一時間ほど経《た》ち、ルルノアさんが立ち上がる。歓迎会が始まる時間が迫っていた。

「そろそろ時間ね！　行くわよリュート！」

「あ、はい」

ルルノアさんはそう言うと、俺の手を引き部屋を出る。宴場へ案内してくれようとしているのだろう。

そこで、フィーナさんに教えてもらったあることを実行する。

俺は足を早める。ルルノアさんの横に。そして、少し前に。

驚いたルルノアさんが、手を離す。

「ルルノア様、ここからは俺が」

「！　……リュート……？」

宴場の場所は事前に教えてもらっていた。大丈夫なはずだ。

俺は恭しく礼をすると、手を差し出す。

「本日の宴会場へと、お連れいたします」

きっと不格好だろう。所詮、付け焼き刃だ。でも、それでいい。これからだ。フィーナさんにも、できるだけ自然体でいいと言ってもらった。

なにより、ルルノアさんの嬉しそうな顔がすべてだ。

「――ふふっ、ええ！　わかったわ！　連れていきなさいっ！　リュート！」

「はい、――仰せのままに」

ルルノアさんの手を引き歩き出す。これが本当の第一歩なのだろう。

異世界に来て、やっと歩き出せた。

俺は、この世界で生きていく。

■

「……先日、リュート様がっ…………亡くなられ……ました……っ……勇者様方のご学友を……お守り、できませんでしたっ………」

泣き出す皇女。俯《うつむ》く騎士たち。暗い顔の給仕たち。

それを、私は冷めた顔で見ていた。すべてが空々しい茶番だ。

彼は、捨てられたのだろう。それを知るのはクラスメイトで私だけ。彼と話をした、私だけだ。

耳鳴りがする。吐き気を伴う眩暈《めまい》や頭痛もひどい。指先が冷たくなっていくのがわかる。

私が、止めていれば……。

「木ノ本《きのもと》さん……大丈夫……？」

「……うん」

クラスメイトの相田《あいだ》さんが気に掛けてくれる。

でも、ちゃんと返事をする余裕がない。彼の死を、受け入れることができていない。

しかし、だというのに。

クラスの空気はいつものままだ。

多少動揺している生徒もいるが、それは人の死に対する一過性のものだろう。明日になればすぐにいつも通り。


伊佐山《いさやま》が皇女の前に歩を進める。

「イリス、俺たちは大丈夫だ。だから、泣かないでくれ」

「……っ……ショータ様っ……」

「榊《さかき》が死んだのは……言ってしまえば自業自得だ。能力がないのに自分から城を飛び出していったんだろ？　逆に、これまで気に掛けてくれて、ありがとう」

「そうそう、大方、自分には隠された力がっ！　みたいに主人公だと勘違いしたんだよ！」

「あ〜はいはい、最近そういうの流行《はや》ってるもんね〜」

「バカだねー。大人しくしてれば良かったのに」

「でも、みんなが気を引き締めるいい機会になったんじゃないか？」

「確かにっ！　人が簡単に死んじゃう世界なんだね、ホントに……」

「ああ、俺らみたいに強くないと、生きていくのも大変な世界なんだな……」

「うん！　みんなを守ってあげないと！」

「……皆様っ……」

おかしい。異常だ。常軌を逸している。

訓練で自分たちが使える力を知ってから、彼らはずっとこんな調子だ。

もう、どうしようもない。

「それに……まぁ、こう言うのはなんだけどさ……死んだのが榊で良かったっていうか……」

「お、お前……それは流石《さすが》に……」

「いや～でもわかるわ、それ」

「うん、ちょっと、怖かったしね……」

また、だ。

彼がなにかを成す度に「でも」、何かに失敗する度に「やっぱり」。

もううんざりだ。誰も彼を見ようとしない。

本当は、口は悪いけど優しくて、あったかいただの男の子なのに……。

次に会う時は、名前で呼ぼうと思ってたんだ。でも今になっては、ただの言い訳。

「……正直、いなくなって安心したぜ」

「うん、話すのも怖かったし」

「少し……可哀想《かわいそう》な気もするけど……」

「同情なんて止《や》めとけよ、きっと親子揃《そろ》ってイカれてたんだ」

こんなことを言われるから、彼は自分のことを話すのが嫌いだった。

いや、自分のこと自体嫌いだったのかも。

だから、彼は――、

「――そうだな、人殺しの息子なんて、いない方が良いに決まってる」

自分の名字を名乗らなかったんだ。

■

夜の平原を行く、馬車の中。一人の老人が杖《つえ》を抱き、目を瞑《つぶ》っている。

「ふむ、『悪魔《ザ・デビル》』の魔封呪と狂走呪《きょうそうじゅ》が解かれましたか……なかなかどうして、思い通りにはいかないものですな」

独り言だ。答えるものはいない。いない、はずだった。

『ご苦労なことだね、『隠者《ハーミット》』。やっぱり君の仕業か』

「ほう、これはこれは。何十年ぶりですかな。あなたからの接触は」

老人の脳内に響く声。久しく聞いていなかったその声に、老人は意外そうな声音で返した。

『あまり長く話したくないから簡潔に言うよ。――君、『吊るされた男《ハングドマン》』にちょっかい掛けるの、止めてくれないかな』

冷然として、平坦《へいたん》。

その声音から凡《およ》そ感情を読み取ることができない。だが、友好的な色を消したそれは警告に近い響きを孕《はら》んでいた。

だというのに、そんな言葉を放たれた老人はどこか楽しそうだ。

「――ほう、ほうほう！　まさか、そんなことを仰《おつしや》られるとは……いやはやわからぬものですね。あなたが一人の人間にご執心とは」

『御託はいい。返事だけをくれよ。ボクも暇じゃない』

「ほほ、これは失礼。ええ、ご心配には及びませんよ。復讐《ふくしゆう》の灯火《ともしび》は容易《たやす》く消え去ってしまったようですからな。ルクスを崩壊へ導く大火へと変わるはずだった燻火が……なんと意気地のない……」

『あっそ。彼の記憶をいじったのは不問でいいよ。ボクには関係ないし。でも、これから彼に何かするなら、ボクにもやりようはあるよ』

「心配性ですなぁ、国でも動かすつもりですかな？」

『想像に任せるよ』

その言葉を最後に、謎の声は聞こえなくなった。

だが、老人には気にした様子がない。

もとより、あの少年には期待していなかった。

絶望を与え、幸福な記憶を薄れさせ、復讐の道へと突き落とす。ただの遊びだ。

結果は失敗に終わったが。

ただ、復讐しないならしないでまた面白いものが見られそうだという予感もあった。

「すべては……一年後、ですね」

一年後、この大陸は黄金期を迎える。

異世界より召喚された勇者たち。この大陸の礎となった英雄の子孫たち。そして、各種族の族長の子息令嬢の、帝国帝都学院への入学。

覇を競い合う冒険者たちの中でも、突出した才覚を持つ超越覚者、Sランク冒険者。それが、歴史上類を見ない高水準で最多数存在している。

そして、竜種、幻獣、神獣。これらの活動も頻繁に目撃されるようになってきた。

示し合わせたかのように、すべてが一年後、収束する。

なにより――、

「『吊るされた男《ハングドマン》』。ほっほ、楽しみですねぇ」

長らく欠番であった十二番目のアルカナ。

完成されたアルカナたちの中で、唯一成長する能力。

これまでのすべてを捩《ね》じ伏《ふ》せる可能性を秘めた切り札《ワイルドカード》。

「暇潰しは、これまでです。これからは……激動の時代」

老人の呟《つぶや》きは、車輪の駆動音に巻き込まれ打ち捨てられる。だが、その言霊《ことだま》は大陸に波及した。

なにが起こるかは……すべて、神の掌《てのひら》の上。

幕間

執事就任戦

ルルノア様の手を引き、宴場である食堂へと入った俺たちを迎えたのは、多くの人から放たれる拍手とささやかな演奏隊が奏でる楽器の音だった。

拍手の大半はルルノア様に対するものだろうけど、アルト様とフィーナさん、そして料理長のノイドさんと庭師のミリーさんは俺を見ながらしてくれている。

普段ここは騎士や使用人などが利用するため作りが広く、相当の人数を収容できることから今回の歓迎会の場となったらしい。

今も何人もの騎士と使用人、城の要人と思《おぼ》しき方々が集まっていた。

扉を入って真向かいの奥には演壇があり、そこに上がったアルト様に全員の視線が集中した。

アルト様は多くの注目を受けながら、鬱陶しそうに手を振り軽く笑う。

「いいって、いいって。注目とか今日はいいからよ、主役は俺じゃねえし。ルル！」

「わかってるわパパ！　来なさいリュート！」

「えっ!?　ちょっ……！」

アルト様の声に応えたルルノア様は、俺を追い越し走り出す。必然的にルルノア様に手を引かれる形になると、そのまま食堂を突っ切り演壇に登った。

当然俺にも注目が集まる。

怪訝《けげん》なもの、興味深そうなもの、明らかな嫌悪を浮かべるもの。

体感八割は好意的なものとは言えない。

だが、振り返ったルルノア様に気付かれないように皆一様に笑顔を浮かべ、表情を繕い始めた。

上手《うま》くやっていけるかな……。

俺の不安をよそにルルノア様は胸を張り、声高らかに宣言する。

「こいつが今日から私の執事になるリュートよ！」

「今日からじゃねえけどな」

「話の腰を折らないでパパ！　とにかく、みんなも聞いてる通り、私の命を救ったやつなの。異論はないわよね？　ねっ⁉」

「聞いてるっていうか、ルルが言い触らしたんだけどな」

「茶々入れないでパパ！」

親子二人の仲睦《なかむつ》まじいやり取りを笑顔で楽しむ観衆は、ルルノア様の言葉にも笑顔を浮かべる人が半数、渋い顔をする人が半数となかなか厳しい現状だ。

特に、剣を腰に携えた騎士と思われる人たちの反応は軒並み芳《かんば》しくない。

でも確かに、大切なお嬢様がポッと出の人族を執事に……とか、俺を信用できないのもわかる。

そんなみんなの様子に気付いたルルノア様は頰《ほお》を膨らませ、「む〜〜っ！」と唸《うな》っている。

「まあ、最初はこんなもんだろ。あんま気にすんなよリュート」

「は、はい」

「大丈夫よリュート！　みんなも今に気付くはずだわ、あんたのすごさに！」

「ありがとう……ございます」

アルト様とルルノア様の言葉で終わった俺の初舞台は、前途多難な未来を予想させた。

舞台を降りた俺は、好奇の視線から逃げるように身を縮こませ、舞台上から見えたフィーナさんのもとへ向かった。

演壇で会話する魔王親子にみんなが気を取られている隙にできるだけその場を離れる。

すると、多くの人の間を縫うように進む俺に飛びつく影が一つ。

「あるじっ！」

「あ、シュヴァテ、その髪……」

「僭越《せんえつ》ながら私が整髪させていただきました。長いままだと何かと不便ですので」

シュヴァテを追うように姿を見せたフィーナさんは、俺の腹部に顔を埋《うず》めるシュヴァテを指す。

地面に着くほど長かった髪は肩口で切り揃《そろ》えたボブになっている。服は見繕ってもらったのか、口元から太ももの半ばまでを覆うぶかぶかの上着を着ていて、下は、履いて……。

「フィーナさんこれ」

「ショートパンツです。動きやすさをご所望でしたので」

「あ、なるほど」

かなり丈の長い上着を着用しているのでショートパンツが見えなかったのか。

尻尾を不安げに揺らすシュヴァテ。表情の読み取りづらいその顔には、一際目につくものがあった。

人を噛んでしまう猛獣などにつけられるような拘束具だ。

「……似合う？」

口元を押さえながら不安げに聞いてくるシュヴァテは、尻尾をピンと緊張させている。

フィーナさんに視線を送れば、彼女はただ目を伏せるだけ。

恐らく、これをつけたのはシュヴァテの意志なのだろう。シュヴァテの過去を聞けば、この子が優しいのはわかる。きっと、誰も襲わないようにと、そういう気持ちでこれをつけたんじゃないだろうか。

勝手な妄想だが、見当違いではないと思う。

なら、俺が変な気を遣う必要はない。

「ああ、似合ってる」

「ん」

耳をピコピコ、尻尾をぶんぶん。

癒やしだ。いいな、異世界。

「あら、良かった〜。さっきまであんまり楽しそうじゃなかったから、おねえさん心配だったの〜」

すると、シュヴァテの行動に思わず相好を崩した俺の顔を嬉《うれ》しそうに覗《のぞ》き込んできた女性が、安堵《あんど》したように朗らかな笑みを湛《たた》えていた。

「えっと……すみません、あなたは……？」

柔和で温容、整い切った顔立ち。金色の艶やかな髪と羊のような巻き角は彼女も魔族であることを如実に表していた。

そしてなにより……、

「ん〜？　あ、気になるの〜？」

「っ！　す、すみませんっ！」

「うふふ、しょうがないわよね〜、男の子だもんね」

服の上からでもわかる圧倒的な起伏は、世の男を惹《ひ》きつけてやまないだろう。特に胸部。

最悪だ……俺も印象も……。

「そんなに落ち込まないで〜、気にしてないから。慣れてるもの。君はまだマシな方よ、かわいいくらいだわ〜。私はネル・エルメル。ルルちゃんのお付きの魔導士を趣味でやってるの。おねえさんって呼んでくれてもいいわよ〜」

「い、いえそんな……ネル様、と」

「も〜、本当にいいのに……」

「ネル、その辺にしておこう。困っているよ」

そう言って彼女をたしなめたのはアルト様と同じくらいの年齢に見える金髪の美丈夫だ。

「父様……」

「うちのネルがすまないね、使用人くん。僕はレダルカ・エルメル。ネルの父であり魔王アルトエイダの実弟で、この国で公爵の地位を授かる若輩だ、よろしくね」

「こ、公爵っ……様⁉　というか、弟って……」

貴族についてはよく知らないが、かなりのお偉い様なのではないだろうか。

さらにアルト様の弟ってことは、その娘であるネル様は公爵令嬢にしてルルノア様の従姉妹《いとこ》ってことになる。

その事実が、自分の先ほどの不躾《ぶしつけ》に過ぎる視線を自戒させる。

ネル様が優しくなかったら、俺ここで終わってたかも……。

「ネ、ネル様、先ほどは」

「もう〜、様なんていらないわよ〜！」

「し、しかし！」

「使用人くん、公の場でなければ畏《かしこ》まる必要はないよ。ネルは言い出したら面倒くさいからね、折れた方がいい。主人ではないのだしね」

「ぜ、善処いたします」

満足そうに頷《うなず》くエルメル公爵とまだどこか不満そうなネル様……さん。

周りからはエルメル公爵とネルさんに注がれる視線。自然と俺にも視線が回ってくる。

そしてその中に明らかな敵意とわかるものが混ざっていた。

俺を睨《にら》みつける瞳は暗く妖しげな黒曜。

その瞳の持ち主は人の波を掻《か》き分け、堂々とした足取りで俺とネルさんの間に割って入った。

そして、甲高い摩擦音を立て、剣を抜き放った。

「――っ!?」

突然の殺意と凶器に声を出せずに息を詰まらせると、剣の持ち主である少女は怒りを滲《にじ》ませながらも薄く嘲笑した。

「話にならん。その体たらくでこの城の使用人？　ましてやルル様の執事だと？　笑わせるな人族！　いくらルル様の望みであっても、貴様は――」

「やめろ、ゼラ」

「なっ⁉　父う――えっ⁉」

少女の頭にげんこつが落ちる。ものすごい勢いで、とんでもない音を立てて。

「だ、大丈夫ですか⁉」

「寄るな、触れるな人族っ！」

思わず駆け寄るも、少女は痛そうに頭を押さえながら俺を遠ざける。

その様子にため息を吐《つ》きながら「すまない」と頭を下げ俺の横に並んだのは、先ほど少女にげんこつを落とした白髪混じりの男性だ。

黒の甲冑《かっちゅう》、黒の剣の柄《つか》に黒の鞘《さや》。一目して抱く感想は正しく黒騎士。

「当方、魔王国近衛騎士団で団長を務めている、ガイゼンだ。好きに呼んでくれ。重ねて、娘がすまない」

「い、いえ、とんでもないです……娘さん、ですか……？」

「似ていないだろう、孤児でな。訳あって、当方が育てたのだ」

「す、すみません。失礼なことを……」

「今のを失礼とするならばゼラは無法者だ、気にするな。あれは少し複雑でな、これからも気苦労をかけると思う」

騎士団長を任されるだけあって、ガイゼンさんは凛《りん》とした佇《たたず》まいに威厳と老成した雰囲気のある方だ。

度々浮かべる笑みは、柔らかい眼差しと共にゼラと呼ばれた少女に向けられている。

意外と子煩悩なのだろうか。

「父上！　何をなさるのですか!?　私はただ、ルル様に相応《ふさわ》しいものかどうかの判断を！」

「やるのならば公平を期せ、唐突に凶器を向けて脅すなど騎士のすることではないな。副団長たる者、いついかなる時でも冷静に。幾度となく言い聞かせたはずだ。お前の気持ちはわかるが、彼はまだ良くも悪くも何もしていない」

「で、ですが……この男は人族で……っ」

人族。彼女が発するこの言葉には、並々ならない感情が込められているのが伝わってくる。

しかし、ガイゼンさんは黙して首を横に振り、戒めるように眼光を鋭くした。

「ゼラ、彼は何もしていない。落ち着け」

「これからするかもしれないと言っているのです！」

会話は堂々巡りで決着の気配を見せない。

当然周りは静まり返り、騎士親子の言い合いに身を縮こまらせている。

さらに、事態の悪化はそれだけに留《とど》まらなかった。

「だ、団長。私も……副団長と同意見です」

一人の騎士がそう声を上げた。

「この国を守るため、鍛錬を、精進を重ねて参りました。しかし、我々騎士の中からではなく、たまたま居合わせた少年を使用人になど……ましてやルルノア様の執事なんて」

確固たる意志を見せる騎士の男性。その言葉は、同じ考えを持つ人たちの堰《せき》を切った。

「た、確かに……騎士の誰かなら任せられるけど、出会ったばかりの少年って」

「不安……だよね」

「人族っていうのもなんだかなぁ」

「ルルノアお嬢様って、箱入りですからね。騙《だま》されている可能性も……」

騎士だけではなく、周りの声に流された給仕などの声も聞こえてくる。

決して数は多くない。でも、聞き流すわけにはいかないほどの大きさとなって宴場に響いた。

俺が声を上げることはできない。

俺はどこまでいっても余所者《よそもの》なんだから。

彼らが悪意ではなく、ルルノア様の身を案じる気持ちから発言しているのもわかる。

「あら〜……そんなに言わなくても……父様」

「僕らには何もできないよ。決めるのはルルノアちゃんだしね。まあでも、ゼラちゃんや彼らの気持ちもわかる。だからさ——彼らを納得させるしかないね」

その時、異様な雰囲気を一瞬にして取り払ったのは、

「やっぱこうなったか」

アルト様の一言だった。

すぐ横にいるルルノア様は頬を思いっきり膨らませ不機嫌全開だ。

アルト様はそんなルルノア様を撫でながらたしなめると、その場全体に響き渡る声を上げた。

「ここにいる騎士で、リュートに不満があるヤツ、手ぇ上げろ」

威圧するでもなく、大声でもない。

しかしその言葉は、どんな言葉よりも圧倒的な力をもって波及したように感じた。

手を挙げる人はいない。

さっきまで俺への不満を口にしていた騎士の男性でさえも、口をつぐみ、青い顔で俯《うつむ》いている。

でも、一人の手が恐れを知らずに掲げられた。

「やっぱそうだよな。ゼラ」

ゼラさんが、アルト様をまっすぐ見つめながら右手を上げていた。

「魔王様、ルル様。私は納得できません」

「人族だからか？」

「それも、もちろんあります。しかし、それだけではありません。我々はこの男のことを何も知りません。実力、精神性、すべてが不明瞭なのです。そんな人間を信用などできません」

「ちょっとゼラッ！　リュートは私を助けてくれたのよ⁉　そんなヤツにその言い方は」

「失礼な物言いになってしまいますが、ルル様を助けることによって得られるリターンはとても大きい。助ける理由ならいくらでもあります」

「ん〜〜〜っ!!　このわからずやっ！」

「お返しいたします」

ルルノア様は地団太を踏みながら怒りを露《あら》わにし、ゼラさんは冷静に言い返す。

この人の行動もルルノア様に対する心配に端を発しているのは伝わってくる。

でも、それ以上の何かによって俺を認められないという意志をひしひしと感じるのも事実だ。

アルト様は頑《かたく》ななルルノア様とゼラさんの口喧嘩《げんか》を「まあまあ」と仲裁すると、再びゼラさんに向き直った。

「リュートの経歴については周知したはずだが？」

「聞いています。帝国から追放された勇者、だそうですね。それだけで、この男を信用しろと？　事実かどうかはわかりませんが、事実であったとしてもこの男を信用することには繋《つな》がりません」

「俺はリュートと話した。フィーナもな。ルルだけじゃなく、他数名の古株も大丈夫だと言ってる。精神性に関しての問題は今のところ見当たらないな」

言葉を聞いたゼラさんは、ふっ、と息を吐くと、自身の腰に携えた剣の柄に手を置いた。

「では、実力を。ルル様を任せられると確信できる力を、我々に証明していただきたい」

ゼラさんの凛然《りんぜん》とした双眸《そうぼう》が俺に向けられた。

疑念、疑心、怒り、嫌悪。

挙げればきりがない悪感情の奔流が、その瞳の中に渦巻いていた。

「証明……ね。どうやって？」

「こちらが選んだ精鋭の騎士と、試合をしていただきたいのです。勝つことができれば、私もこの男を認めます」

「へぇ、試合ね。面白いじゃねえか」

アルト様は、静かに笑った。

不測の事態ではなく、予期した展開の到来にほくそ笑んでいるようにも見える。

その証拠に、エルメル公爵は「やっぱり」と同じように笑い、「悪癖だな」とガイゼンさんが額に手をやった。

ゼラさんはアルト様の笑みに気付かず、一人の騎士を指名した。

その騎士は俺と同じくらいの年齢で、先ほど俺への不満を口にしていた騎士の中の一人だった。

「騎士団所属、リックです。若い団員の中で突出した成績を収めています。歳《とし》も近いでしょう。彼に勝つことができれば、考えを改めるのもやぶさかではありません」

ゼラさんに指名され前に出た彼は、俺を見て薄ら笑いを浮かべていた。

「お選びいただきありがとうございます、副団長。精一杯、お相手させていただきます」

彼はゼラさんに礼をした後、俺を見て嘲笑と共に鼻を鳴らした。

リックさんに頷いたゼラさんは、「如何《いかが》でしょうか？」と試すようにアルト様に問いかけた。

アルト様に動揺はない。

あるのはただ、好奇心を抑えきれない子供のように爛々《らんらん》と輝く瞳だ。

「いいじゃんか、若手の精鋭と、期待の新人。いいマッチアップだ。んで？　リュートが勝ったら認める、それはわかった。じゃあ、負けたら？」

「もし負けたら、この男には――」

そう、ゼラさんが言いかけた時。

「そうしたら、リュートを執事にはしないわ。もしリュートが負けたら、勝ったリックを私の執事にする。それでいいでしょ？」

言い切ったルルノア様にみんなが瞠目《どうもく》して口を開けた。

当のリックさんは喜色満面で、拳を握り込んでいる。

「光栄でしょ？　それなら、わざと負けたなんて言い訳はさせなくて済むもの。その勝負、受けて立つわ。ね、リュート」

「………」

すぐには言葉を返せなかった。

当然、やるなら負けられない。でも、彼らの心配はもっともなものだ。

俺を信用できないのは仕方ない。それについて文句を言えることは何もない。

この場に入ってからずっと、そんな風に言い返さない言い訳を心の中で重ねてきた。

しかし、ルルノア様の目がそんな逃げを許さないんだ。

『約束したわよね？』

彼女の瞳がそう訴える。

そうだ、ルルノア様のために生きるって、言った。

なら、言葉は一つだ。

「仰せのままに」

■

魔王城離れの訓練場。

この時間にはあり得ないほどの人数で埋め尽くされた観戦席の注目の先。

そこでは、中央で向き合う二人の少年に全員の注目が集まっていた。

騎士の訓練着の少年と、燕尾服《えんびふく》の少年。

騎士の少年が構える剣は刃を潰しており裂傷を与えないような訓練用だが、それでも鉄の塊だ。怪我《けが》をするには充分は危険性をはらんでいる。

しかし、対する少年は素手。

「……舐《な》めてんのか？」

騎士としての品性を捨てたリックは、リュートに問う。

「いえ、剣は使ったことがないので、逆に邪魔になってしまうかと思って」

「はっ、そうかよ。遠慮はしねえぜ。ルルノア様は俺の憧れだ。どこの馬の骨とも知らねえ奴《やつ》に任せられるわけねえだろ」

「……」

リュートは答えない。

ただ、リックの行動に視線の網を張り巡らせている。

その勝つ気満々の行動が、さらにリックの神経を逆撫《さかな》でしていた。

「速攻で終わらせてやる。素人がっ！」

その言葉を聞いた審判の騎士が、天に掲げた手を振り下ろした。

「それでは――始めッ!!」

瞬間、リックが飛び出した。

その速度は給仕たちが目で追うのがやっとなほどの高速だ。

その勢いのままに振り抜かれた剣が生んだ剣風が観戦席にまで及ぶ。

「なっ！　リックのヤツ、本気じゃねえかっ！」

「ったりめえだろ！　なんたって勝ったらルルノア様の執事だぜ？　アイツじゃなくても死に物狂いでやるだろ！」

「まじで今からでもいいから代わってほしいぜ！」

「かわいいお嬢様に毎日付きっきりとか……最高じゃん！」

盛り上がるリックの同僚である男性騎士たちを横目に、給仕の女性が心配そうに眉を下げた。

「でも、当たったたら怪我で済むのかしら、あれ」

「大丈夫っ、今のは当てる気なかったやつだよ。言っちゃえば脅しよ、脅し！」

「でも、あれに反応できないいんじゃ、新人君に勝ち目はないわね……」

「確かに速めの一撃だったけど、見えないほどじゃないしねぇ。これは、望み薄かな」

女騎士たちの言葉通り、リュートは目の前で振り抜かれた一撃に対してなんの反応もしていなかった。

躱《かわ》そうとするでもなく、防御姿勢を取るでもなく、ただ見ていただけだ。

リックは期待外れだとでもいうように振り抜いた剣を地面に叩《たた》きつけた。

「何の反応もなし……か。もうやめとけ。まぐれでルルノア様を助けられたことは感謝してるし、悪いことをしたわけでもない。でも、執事はやり過ぎだろ。辞退でもなんでもすればこんな大事にはならなかったんじゃねえの？」

リックは早々にリュートの実力を測り切り、優位に立った余裕から説教じみた文言を吐き出し始めた。

リュートは変わらず、答えない。

「代わりに、俺がしっかりお守りするからよ。騎士団でもなんでも入って、副団長に遊んでもらえや」

その言葉にも反応しないリュートの態度に、リックは歯を嚙《か》みしめ青筋を立てた。

「……ああ、そうか。そんなに怪我したかったのか。なら、次はマジで当てるぜ……」

そうして、再びリックが剣を構えようとした時。

リュートがふっ……と息を吐いた。

そして、

「なんだ……ただの威嚇だったんですね。最初から当たらないのがわかってたので、何かの魔法を使うためのフェイントかと思って警戒してました……なんか恥ずかしいな」

と、こともなげに笑った。

見えていた。ただそれだけだった。

反応できなかったのではない。見えていなかったのではない。

ただ、見えていて、躱す必要がなかったから躱さなかっただけ。

さらに、その先の行動に気を配っていただけなのだ。

瞬時にリックの脳は沸騰したかと思うほどの熱を持った。

ハッタリだ。確実に。

愚弄している。騎士を、自分の鍛錬の日々を、バカにしている。

「――バカにしてんじゃねえぞ、てめえっ！」

またもや目にも留まらない速度で上段に振り上げた剣を、次は当てる気で振り下ろす。

当たった！　そう確信するほど完璧な軌道を描いた剣は、

「ッ！」

リュートの横をすり抜けた。

半身になったリュートのすれすれを通った攻撃は、力のままに地面に叩きつけられた。

石畳を削るほどの力での叩きつけ。

それはリックに、カバーしようのない隙を生んでいた。

「しまっ――ッ!!」

リックは後悔の言葉と共に剣を戻そうと手を引くが、

「お、らッ！」

「はやっ……くそッ!?」

リュートがリックの手を跳ね上げるように足を蹴り上げ、勢いのまま宙で後転し距離を取った。

先ほどのリックの比ではない速度で襲い来る蹴撃を躱せず、跳ね上がった手から離れた剣が上空を舞う。

リックは失った剣の行方を追った。

しかし、完全な悪手だ。

「余裕ですねッ！」

「あぁ……ッ!?」

リュートが、距離を詰めていた。

目を離したのは一瞬、ほんの一瞬だった。

そして一瞬、俯瞰《ふかん》で見ることができる観戦席の誰もが、リュートを見失った。

リックに攻撃手段はない。

間髪いれずに放たれた燕尾服の右腕の軌道は、リックの顔面に向かっている。

速い、が追い付けない速度じゃないっ！

リックは攻撃後のカウンターを狙うため、顔の前で腕をクロスし衝撃に備えた。

が、

「ごは……っ！」

リックのがら空きの腹部を、リュートの左足が強襲した。

くの字に折れ曲がったリックは、肺の中の空気を吐き出し、勢いのままに訓練場の石畳を転がった。

転がるリックは、明滅する視界の中で歯噛《はが》みする。

話が、違うッ！

魔物を倒したその時は不思議な雰囲気を持っていたらしいが、今はそんな気配は微塵《みじん》もなかった。

身のこなしも素人同然、強者が持つ威圧も皆無。

なのになんでっ……こんな強《つえ》えんだよっ！

腹部をがら空きにするためにわざと見える速度で放たれた右の拳。

しかも、明らかな敵意を拳に込めながらの実在性のあるフェイントだ。

これが素人の所業なのだとしたら……。

リックは痛む腹部を押さえながら、転がったままリュートを探す。

そして丁度、上空から落ちてきた剣の柄《つか》を掴《つか》んだリュートがリックの顔面に剣を突き付けた。

音はない、騒《ざわ》めいていた騎士たちの声も。リュートの怪我を案じていた給仕たちの声も。

ただただ、目の前で行われた圧倒的なまでの戦いに、時を忘れていた。

時間を再び動かしたのは、この静寂に不相応なほどの闊達《かったつ》で自信溢《あふ》れる令嬢の一声だった。

「さっすがっ、私のリュートねっ！」

その声を皮切りに、盛大な歓声が巻き起こった。


「あれは……」

「どうあれ、ウチの娘が認めただけはあるっしょ」

「へぇ、まあ適当な人間だったら兄さんが許さないとは思ったけど……予想以上だね、あれ」

アルトエイダ、レダルカ、ガイゼン。

魔王国が誇る三人の姫、魔核三姫《まかくさんき》の親である彼らは、訓練場の入り口から成り行きを静観していた。

中でも一層武に対する関心の高いガイゼンは、その鋭い眼光を細めた。

「騎士団長として、どうよ」

「動きは素人、粗削りどころか型すらない即興《アドリブ》。だが、だからこそ、その才に感服する」

「ガイゼンがそこまで言うなんてね。僕にはわからないけど、すごいんだ？」

「剣を教えたい。素直にそう思う。当方を才で超えたのはゼラ以来だ」

「うお、まじかよ……そこまで？」

「ああ、あれでアルカナ持ち……末恐ろしいな」

ガイゼンの視線の先には、無表情で感情を殺した顔のゼラがいた。

滲み出る悔しさは強く握った拳を見れば明らかだろう。

「ゼラは……どうすっかなぁ」

「ガイゼンは、どう思う？」

二人の問いかけに、ガイゼンは押し黙る。

寡黙だが即断即決のガイゼンにしては珍しい行動だ。

それは、ガイゼンのゼラへの想《おも》いの大きさを表すものでもある。

「認める……とはいかないだろう。ゼラは彼の敗北を前提に言葉を紡いでいたからな」

「そうだよなぁ、これに関してはどっちが悪いとも言えねぇな。ゼラの気持ちを無下にするのはあんまりだしな」

「まだ年頃の女の子だしね、感情の整理がつかないのはわかるよ。……うちの子《ネル》もそうだし」

憂う表情で、ルルノアと一緒にリュートの勝利を喜んでいるネルを見るレダルカ。

ガイゼンは頷《うなず》くと、剣の柄を撫《な》でる。

「納得はしないが、表立って彼を否定することはなくなるだろう。小競り合いは続くだろうがな。……もしや」

「ん？　どうした？」

「…………いや、ただの希望論だ。老いたな、当方も」

ゼラの心を、彼の登場と介入が変えていくのでは……そんな願ってもないことを考えてしまったのだ。

「アルト、ルカ。当方はしばらく魔王国を離れる」

「いつも通りだな」

「いつも通りだね」

「…………」

二人のそっけない反応に顔をしかめたガイゼンは、ゼラにもう一度視線を注ぐ。

「あの子を頼む。ルル嬢とネル嬢にも伝えておいてくれ」

「はいよ、無理すんなよー」

「たまには帰ってきなよ。僕たちも……色々頑張るからさ」

「ああ、善処しよう」

苦笑いと共に、ガイゼンは魔王国を出る。

そして一ヶ月、時は流れた。

三章　常闇騒動

魔王城で使用人を始めてから、一ヶ月ほどが経《た》った。

最初の一週間は、それはもうひどいものだった。だけどフィーナさんやノイドさんの教育のお陰もあり、最近では多少は見られるようになってきたのではないかという自負がある。

それでも、他の方に比べればまだまだだ。

朝。

日が昇りきらない時間に起床する。

枕元で鳴り続ける発音石と呼ばれるアラームのようなものを掌《てのひら》で覆い止める。魔力で設定する目覚まし時計だ。

俺は伸びをすると、隣で寝ている少女に声をかける。

「シュヴァテ、起きろ～」

「……ん……ぅ……んあ……ぉはよ……あるじ……」

「ああ、おはよう」

「……ん、ふふ……」

一ヶ月ほぼ毎日続けたやり取りだというのにシュヴァテが嬉《うれ》しそうに微笑《ほほえ》む。

そんなシュヴァテを姿見の前へ運ぶと、日課のブラッシングをしてやる。まだ眠そうにあくびをしているシュヴァテの髪を櫛《くし》で梳《す》いていく。

地面につきそうだったシュヴァテの髪は、フィーナさんにより定期的に肩口で綺麗《きれい》に切り揃《そろ》えられている。前髪は少し長いが、本人がこれが良いと言うのだから仕方ない。

「よし、こんなもんか」

「ん、ありがとあるじ。外、行こ？」

「ああ、先に中庭にいてくれ」

「わかった」

シュヴァテと共に部屋から出ると、別々の方向へ歩き出す。

俺は魔法陣に乗ると、魔王城の厨房《ちゅうぼう》へと移動する。厨房を覗《のぞ》くと、ノイドさんと他数名の料理人の方が既に仕込みをしていた。

「おはようございます！」

「お！　坊主起きてきたか！」

「リュート君おはよう」

「おはよー執事くん！」

厨房にいる方々が挨拶を返してくれる。ホントに良い人たちだな。

俺はメモを取り出すと、ノイドさんに近づいた。

それに気付いたノイドさんは、在庫表を取り出し必要な食材を列挙していく。

「えーと、日照草《ひでりぐさ》はあるだけもらってこい。んで、ヒルボアの肉が五キロと……おい！

リーリカ！　胡椒《こしょう》余ってっか⁉」

「うひゃあーっ！　そうだった！　執事くんおねがーい！」

「ったく……胡椒一袋も頼んだ。他は先週の買い出しでバッチリだ！」

「了解です！　それじゃ、行ってきまーす！」

「おう、気ーつけろよ！」

「……リュート君、楽しそうだね」

「うんうん！　執事くん、少し前から生き生きしてるよね！」

そんな会話を聞きながら厨房を出る。

生き生きしてる、か。確かに、そうかもな。

少なくとも、前の世界にいた時よりはそうだろう。みんなが俺を俺として見てくれる。

それだけで、全然違う。

俺は、浮わつきながら上がる口角を自覚し、中庭に向かった。

■

朝靄《あさもや》に包まれた魔王城の門前。

二人の男があくびを噛《か》み殺しながら門兵として立っている。

眼前に延びる石畳の街道は、城下の魔都へと続く一本道だ。

「はあ〜、交代早く来ねーかな〜」

「おい！　しっかり立て！」

若い軽薄な雰囲気のある門兵が真面目そうな門兵にたしなめられている。夜から続く業務に飽きたのだろう。

「そもそも、何で門兵なんだよ〜。俺、ルルノア様の使用人になりたくて魔王城来たのに……ゼラ様がいる騎士団でもないし……くそっ、やってらんねえよ！」

「そこまでにしておけ。聞かれたら懲罰ものだ」

「へいへーい」

気の抜けた返事をする男に真面目そうな男が嘆息する。

この男はいつも文句を言ってばかりだ。村一番の力自慢として魔王城に来たら、与えられた役は門兵。

魔王城の門兵と言えば、相当に責任のある役ではあるのだが、まだ若い男にとっては不満であるらしかった。

しかも――、

「おはようございます」

「ええ、おはようございます」

「……はっ、おはよーさん」

魔王城から出てきた少年。

傍らに見目麗しい獣人を連れている。軽薄な門兵にとってはいけすかない男だ。

この魔王城に来てからすぐにルルノアの執事の役職を与えられた人族。

焦げ茶の髪に同じ色の瞳。中肉中背のどこにでもいそうな少年だ。

ルルノアの危機を救ったとは聞いているが、詳しい話は聞いていない。

しかし、こんな少年が救えたなら自分でも、と思わずにはいられないのだろう。この少年は運が良かっただけだ、と。

だが、軽薄な門兵とは違い、真面目そうな門兵はその色を見せない。

知っているのだ。この少年の規格外を。

「ん、あるじ、いつもの競走。からだ、鈍《なま》っちゃう」

「いいぞ、じゃあ、噴水広場までな」

「ん、負けない」

獣人の少女が少年と会話すると、この場に魔力が満ちる。

少年にその気配はないが、足に力を込める様子が窺《うかが》えた。

軽薄な門兵が怪訝《けげん》な表情でそれを見ている。

そして、次の瞬間。

ドンッ！　と空気の破裂するような音を残し二人の姿が掻《か》き消える。

「は…………」

「お前、あれ見るの初めてか？」

「あ、あれって……」

「いつもああなんだよ。驚いていたら身が持たん。ま、あれができたらお前も使用人やら騎士に登用されるだろうさ」

啞然《あぜん》とする門兵を見ながらそう語るもう一人の男。

あの少年や獣人の少女だけではない。魔王城の中で勤めるにはかなりの水準を求められる。騎士など、戦闘を主にするものは特にだ。

名高いゼラなど、噂《うわさ》で聞く限り化け物である。その中でもあの少年は特異らしい。

「期待の新人だそうだ」

「俺……門兵でいいや」

「そうしておけ」

中庭で先ほどの二人の組み手を見たことがある真面目そうな門兵は苦笑いでそうこぼした。

■

魔王国の首都。通称、魔都。

魔王城の城下に広がるその都は、魔族を中心に多数の種族が訪れる繁栄の象徴だ。

魔都の中心にある噴水広場には、朝早くだというのに行商の露店や屋台などが並んでいる。日が昇ると元の世界の主要都市にも引けを取らない喧騒《けんそう》がこの場所を満たす。

俺は肉を仕込み始めた屋台の店主に声をかけた。

「おはようございます。串を二本頂けますか？」

「お、ルルノア様んとこの！　いつもあんがとさん！　嬢ちゃんもな！」

「ん、競走に勝ったから、あるじからご褒美」

「そうかいそうかい！　じゃ、ちょっとしたサービスだ！　持ってきな！」

「ありがと……」

出来立ての串焼きと、サービスでパンに肉と野菜を挟んだものを貰《もら》う。

この一ヶ月で、シュヴァテはすっかり城下のアイドルになっていた。老若男女に愛《め》でられ、シュヴァテの孤独も少しずつ癒やされていくといいな。

噴水の円形のへりに腰を掛けると、涼しい早朝の風を受けながら二人して串に食らい付く。

野外というロケーションが肉の旨味を引き立てる。シュヴァテも美味《おい》しそうに目を細めている。

シュヴァテとの競走はいつもあと一歩のところで負けてしまうが、シュヴァテのこの顔が見られるのだから負け得というものである。

早めの朝食を終え、いつもの行商人のもとへと向かう。予算は今月分のものをまとめて受け取っている。

「これは魔王城様。食材ですかな？」

「はい。えっと、ヒルボアの肉が五キロと胡椒一袋。あと、日照草をあるだけ頂きたいです」

そう言うと行商人の顔が少し曇る。

だが、気を取り直したように注文した品物を取り出し机に並べた。

「こちらになります。ですが……日照草がどこの商人も品薄でしてな……値段も高騰しております。何卒《なにとぞ》ご容赦を」

そう言い行商人が出した合計は、確かに予算ギリギリの値段だった。

余裕を持って受け取ったはずの予算に迫る値段に、少し驚いた。

「何かあったんですか？」

「いえ、それがですね。いつも日照草を収穫して、商人に卸している村があるのですが……どうにも今季は不作らしくて………日が当たるところ、かつ山にある村となると、近くにはあまりありませんでして」

「不作……ですか」

「なんでも、日が昇らなくなった、なんて眉唾な情報が回っておりまして……まあ、ただの噂ですな、はっはっは」

そう笑い飛ばす行商人から品を受け取る。

日照草が不作……まずいな。

なにを隠そうこの日照草、ルルノア様の生命線である。この日照草という植物は野菜としての用途よりも重要な役割がある。

それが、砂糖の原材料である。要は砂糖大根なのだ。

甘いものをこよなく愛するルルノア様が悲しむ顔が目に浮かぶ。

何とかしないとな……。

秘《ひそ》かな決意を胸に、俺はシュヴァテを連れ魔王城へと帰還する。

■

「日照草の不作……ですか」

「ええ、なんか、日が昇らなくなった……とか」

「……日が……なるほど」

魔王城に帰った俺は、フィーナさんに先ほどの話を報告していた。

シュヴァテはミリーさんと一緒に庭師の仕事をしている。同じ獣人同士で仲が良いのだ。

その事実になぜか俺が嬉しくなってしまう。

それはともかく、俺から話を聞いたフィーナさんは何やら思案顔をしている。

そして頷《うなず》くと、俺に目を合わせた。

「アルト様に報告を上げておきます。ルルノア様に関することですので、リュート様にも話がいくかと思いますが……」

「わ、わかりました」

アルト様、ルルノア様大好きだからなあ……。

二人を思い浮かべ微笑《ほほえ》ましく思っていると、フィーナさんが、それはそうと、と話を変える。

「本日は『魔核三姫《まかくさんき》』の茶会がありましたね。リュート様も給仕でご参加なされるのですよね？」

「ええ。お嬢様が許してくれましたので」

　このお嬢様呼びもまだ慣れないが、対外的にもこの方が都合が良い。

「そうであれば、〝あれ〟をお出ししましょう」

「うえっ!?　ちょ、ちょっと待ってくださいフィーナさん！　まだ早いんじゃ……」

「何をおっしゃいますか。ノイド様と私のお墨付きです。自信を持ってください」

「そう、ですか？」

「ええ。流石《さすが》、私の愛弟子《まなでし》様にございます」

「はは、教えてくれたのはノイドさんですけどね……いたっ」

「生意気でございます、リュート様」

俺はフィーナさんに小突かれた額を摩《さす》る。

未《いま》だにフィーナさんの動きが見えない……。何者なんだろうか。

軽口を終え、フィーナさんが去っていく。

俺も準備しないとな……。茶会はもうすぐだ。

■

『魔核三姫』とは。

世襲制ではなく実力主義を掲げる魔王国において、最も魔王に近い三人の女性を指す言葉だ。

『赫滅姫《かくめつひめ》』ルルノア・ル・ルルキア様。

『黒夜姫《こくよひめ》』ゼラさん。

『金呪姫《こんじゅひめ》』ネル・エルメルさん。

幼馴染《おさななじ》みとして魔王城で育った彼女らはとても仲が良く、定期的にこうして茶会を開く。

俺は一杯でとんでもない金貨が飛んでいく高級な茶を三人分淹《い》れつつ、三人の会話に耳を傾ける。

「由々《ゆゆ》しき事態だわ……由々しき事態なのよっ！」

「あら〜、どうしたのルルちゃん。そんなに怖い顔して、執事くんが怖がってるわよ〜」

「えっ⁉　ち、違うのよリュート！　リュートに怒ってるわけじゃ……」

「ウソよ〜、ルルちゃんかわいいわ〜」

「ネル殿。ルル様をからかうのはほどほどにしておいてくださいね……この人族がつけあがるので」

「もうっ！　ゼラ！」

またか……。

ゼラさんは人族が嫌いだ。それは異世界人である俺も変わらないらしい。人族アレルギーと言っても過言ではない。流石に同い年の女の子のこの態度は流石に少し堪《こた》える。

だが、仕事には関係ない。

俺は淹れた茶を三人の前に並べていく。

「ありがと、リュート」

「ありがと〜執事くん」

「……ふん」

か、関係ない。ショックとか全然……受けてない。

俺は全く気にせずに、厨房《ちゅうぼう》から運ばれてきた菓子を机に並べる。

ヤバい、緊張してきた……。

「へぇー、初めて見るお菓子ね、何て言うの？」

「フィ、フィナンシェって言うらしいです」

「美味しそうね〜、いただきま〜す」

「ふむ、香りはバターのようですね」

そう言い、三人が菓子を口に含む。

そして、お嬢様とネルさんはお茶に口をつけたが、ゼラさんはお茶をスルーだ。

い、いいし、別に。口の中パサパサになってしまえ！　ふはは。

「ん〜〜〜〜〜っ！　美味しいわっ！」

「そうね〜！　ふんわりさくさく。これは……アーモンドかしら……美味しいわね〜」

「とても美味しいですね！　流石はノイド殿です！」

「あ……いや、これは……実は、俺が作りました。ノイドさんに教えてもらって……」

三人の視線が俺に集まる。

ゼラさんは固まりながら、視線だけを俺とお菓子に往復させている。

「お嬢様が甘いものがお好きなので、俺が作りたくて、お願いしたんです」

「リュート……！　……わ、私、好きよっ！　…………あっ！　お菓子がねっ！　このお菓子がねっ！」

「執事くんすごいわね〜、また食べたいわ〜」

二人はそう言って褒めてくれる。

そしてゼラさんは恨めしげに俺を睨《にら》んだ後、毒を食らわば皿までといったようにお茶を飲み干すと再び俺を睨んだ。

「き、貴様！　こ、ここ、これで勝ったと思うな！」

俺は勝ったと思った。

「そういえばルルちゃん。由々しき事態ってどういうことかしら〜」

「そ、そうだったわ！　このお菓子にも関係する一大事なの！」

ルルノア様は日照草の一件を話し始めた。

日照草を収穫している村に日が当たらず、不作になっていること。

やはり、原因不明のようだ。

「う〜ん、日が昇らない、不思議ね〜」

「そうなの……そこでっ！　私は考えたわ！」

ルルノア様は手を当てた胸を張りながら立ち上がる。とてもドヤ顔だ。

あの顔よくやるけどかわいいよなぁ。

「リュート！」

「はっ、はい」

「そして――ゼラ！」

「は、はっ！」

そうして俺たち二人を指差しながら、ルルノア様が命令を下す。

「――あんたたち二人で、原因を調査してきなさいっ！」

「「…………は？」」

二人？　誰？　……俺と、ゼラさん？

いや、いやいやいや、無理無理無理！

俺とゼラさんは複雑な顔で互いを見合う。ゼラさん、滅茶苦茶《めちゃくちゃ》嫌そうだな……。

だが、ルルノア様とネルさんは二人で盛り上がっている。

「あら〜、良い考えね！　流石はルルちゃん！」

「ふふん！　褒めなさい！　讃《たた》えなさい！　……というか、あんたたち二人、仲良くしなさい！」

「そうね〜、お城にいる同士、仲が良い方が良いわよね〜」

「で、ですが、この男は人族で……！」

そんなこと言ったって、ゼラさんがこの様子じゃあ……。

そして、俺たち二人が反論しようとした様子を遮るように、ルルノア様が再び俺たちに命令を下す。

「二人で！　調査に！　行ってきなさい！」

駄目だ。一度決めたらルルノア様はテコでもぶれない。

アルト様もルルノア様の言うことなら許してしまうはずだ。

俺とゼラさんは再び顔を見合わせると、顔をひきつらせる。

言うことは一つしかない。

「「……お、仰せのままに……」」

こうして、俺とゼラさんの日照草の調査が決まった。

■

ルルノア様から調査を命じられた翌日。

俺は目的地に向かう馬車に揺られながら読書をしていた。現実逃避である。

いや準備期間短過ぎだろ⁉　翌日だぞ⁉

ルルノア様のお菓子に対する執念を舐《な》めていた……。向かいに座るゼラさんはこちらを見ようともしないし……空気が重い……。

その空気から気を紛らわすように馬車の窓から外の景色を臨む。

見渡す限りの平原を進む馬車を遮るものは何もない。既に遠くに見える魔王城が恋しい。

シュヴァテのことは、フィーナさんに頼んである。この調査は、俺とゼラさんの二人の方が都合が良いそうだ。

遠く霞《かす》む景色の中に森を見つける。あれが俺とルルノア様が出会った森らしい。

らしい、というのは、この一ヶ月、俺は魔王城及び魔都から出ていないのだ。時間がある時にフィーナさんから座学という形で異世界の委細を教えてもらってはいたが、実際に外に出るのは初めてだった。

つまり、実質これが初めての異世界探索なのである。同伴者がゼラさんなのは予想してなかったけど。

そして、魔王城から視線を左にずらすと……。

「あっ！　あれは……」

「……貴様、『バベル』を見たこともないのか？」

「え、ええ。あの森に送られた時は窓のない馬車でしたし、その後は森の中で……城壁に囲まれた魔都からは見えないですから」

「………」

声を上げた俺にゼラさんが思わずといったように声をかけてきた。

会話の糸口ができたことを嬉しく思い、話をしたのだが、ゼラさんは俺の話を聞くと再び黙り込んでしまった。

そんなに話したくないのかよ……。

漏れそうになるため息を堪《こら》えながら、読んでいる本のページを捲《めく》る。そして、日本語で書かれたその記述に目をやる。

『賢者の塔』、またの名を言語統一塔『バベル』。

古代より大陸の中央に聳《そび》え立つ天突く巨塔。曰《いわ》く、神が造った神工物《じんこうぶつ》。

世界中の言語を統一する権能を携えた中軸だそうだ。あの塔を信仰する『バベル教』なるものも存在しているらしい。

ただ、統一された言語が日本語なのには訳があるのだろうか。異世界……なのにな。

フィーナさんから貰《もら》ったこの異世界の歴史書は、読んでいるだけで時間を忘れてしまうほど、俺にとって興味深いことがたくさん書いてある。

現存する種族は多岐にわたり、魔族の中でも色々な種類があるということも書いてある。

この世界を知るには必読本だ。

そうして俺が本を読んでいると、ゼラさんから視線を感じる。

顔を上げると、目が合う。

「……あの…………」

「……なんだ」

「いえ、こちらを見られていたので……」

「……貴様、それをやめろ」

……は？　なんの話だ？

「えっと……それ、とは？」

「それだ。その下手《へた》くそな敬語をやめろと言っている」

苛立《いらだ》った様子のゼラさんは、語気を強め再度言う。

下手くそって、これでも頑張ってるんだけどな……。

「敬意のない敬語など不要だ。下手に形式張る必要などないと言っている。私が貴様と行動するのはルル様の命だからだ。仲良くするためではない」

「そう、言われましても……」

「……その様子には覚えがある。他人の顔色を窺《うかが》い、媚《こ》びへつらうように下手に出る。後ろめたいことがある者特有の態度だ」

好き勝手言ってくれる。

後ろめたいこと、ね。そりゃ、あるけどさ。……もういいや。

「そうかよ。じゃ、遠慮なく」

「……それが本性か」

「本性って……素だよ。好きにして良いならそうさせてもらう。……俺も仲良くできるとは思ってない。ゼラさんが俺のこと嫌ってるみたいだし」

「……ふん、そちらの方が幾分かマシだな。先ほどまでの貴様は気色が悪過ぎた」

まじで遠慮しないなこの人。

だが、少し棘《とげ》が取れたような気がする。ゼラさんには、何か思うところがあったんだろうか。

「これから向かう村は人族の村だ。やり取りはすべて、貴様に一任する。そして情報を集めたその後対策を一考する。……問題ないな？」

「ああ、それで良いよ」

これが今回の調査が俺たちに任せられた理由の一つだ。

人族の村に魔族は近寄りにくい。魔族を根強く嫌う者もいるからだ。

しかし、俺は当然として、ゼラさんには魔族の特徴がないように見える。これなら人族との接触も可能ということだろう。

ゼラさんって、種類は何なんだろう……。

魔族にはいくつか種類がある。

『角持ち《ドラクル》』、『離反者《ダークエルフ》』、『夢魔《ナイトメア》』。

主な種類はこの三つのようだ。

他にも細かく枝分かれしているのだが、遠い過去に絶滅したものが大半だそうだ。姿を隠しながら生き長らえている者たちもいるらしい。フィーナさんは種族のことについてかなり熱心に教えてくれた。

「ゼラさんって、魔族の中でも何の種類なんだ？」

「――――貴様が知る必要はない」

「あ、そう」

これまでのどの言葉より強い拒絶。地雷か、これ。

その後、会話らしい会話もなく馬車はその道行きをひた走る。

考え得る限り最悪の調査開始となった。

■

ルルノアとネルはフィーナに淹《い》れてもらったお茶を飲みながらの業務休憩中。

先日、執事になりたての少年が淹れたものより香りなどが強く残ったそれを飲みながら、二人は件《くだん》の調査に想《おも》いを馳《は》せていた。

「ん～、あの二人、仲良くやってるかしら～」

「ま、無理でしょうね。少なくとも今は」

「そうね～、それは間違いないわね～」

ゼラの人族嫌いは根強いものだ。彼女が人族から受けた仕打ちを考えればそれも当然だろう。

そのため、ルルノアもネルも強くは注意できないのだ。

だが、今回の調査で何かが変えられるかもしれない。二人にはそんな漠然とした予感があった。

「でも、ゼラとリュートは絶対に仲良くできると思うの！　二人はすごく似てるもの！」

「そうね～、執事くんって、会ったばかりの時のゼラちゃんにすごく似てるものね～」

「そうなの！　自分のことが大嫌いなとことかね！　仲は悪いけど、お互いが相手のことより、自分のことの方が嫌いなのよ！　だから、歩み寄りづらいのだと思うわ！」

「ゼラちゃんに至っては、私たちにも歩み寄ってくれてないしね～」

「ゼラは、魔族のことも苦手だしね……嫌いではないんだけど……」

人族が嫌いで魔族が苦手。

そうなってしまうのにも原因がある。

そしてルルノアは、リュートがそれを溶かす可能性があると考えていた。

異世界人であるリュートなら或《あ》いは、と。

「ん～、でもルルちゃんはいいの？」

「え、何がかしら？」

「うふふ、執事くんをゼラちゃんに取られちゃうかもしれないわよ～？」

「だっ、大丈夫よっ！　だって、リュートは私のこと大好きだし！　絶対、好きだし！

……だ、大丈夫よね!?　ネル!?」

自信があるのかないのか、慌てふためくルルノアを見ながらネルは楽しそうに笑う。

ルルノアやゼラをからかうのはネルの趣味だ。

だが、ネルもリュートとゼラが仲良くなれるというルルノアの意見に同意だった。だからこそ、ルルノアをからかったのだ。

「大丈夫よ～、もしものことがあったら、私がどうにかするわよ～」

「だっ、ダメよ！　ネルのどうにかする、は『呪い』のことでしょ!?」

「うふふ〜、安心して？　浮気防止の呪いもあるのよ〜」

「そっ、そんなのがあるの!?　………それは、いいかも」

真剣に悩むルルノアを見ながら『金呪姫《こんじゅひめ》』は微笑《ほほえ》む。

彼女は魔王国、いや、世界で一の黒魔術師だ。

「うふふ、呪いのことなら――この『悪魔《ザ・デビル》』に任せなさい〜」

十五番目のアルカナは微笑を湛《たた》え、そう言った。

■

魔王城を出発してから三日。

俺たちは件の村がある山の麓へと到着した。

この山は魔族領とルクス帝国のちょうど境に位置している。少し南下すると、俺が捨てられた辺境の森へと辿《たど》り着くらしい。

山の最高峰はおよそ三千メートル。かなり高い山だ。

俺とゼラさんは馬車を降りる。

「ご苦労だった。一週間後、ここまで馬車を回してくれ」

「はっ！　副団長、お気を付けて！」

御者を務めていた騎士はゼラさんに向かい敬礼すると、馬車を動かし魔王城の方へと走り去っていった。

「村はこの山の中腹だ。足を引っ張るなよ」

「わかってるよ」

一言多いな。

ゼラさんは、返事をする俺を無視するように山に向かって歩を進める。場所がわからない俺はついていくしかない。

麓がかなり自然豊かなことから察するに、この山自体もかなり緑に富んでいるのだろう。人が住める村だしな。

それは山を少しの時間登り続けても変わらない草木の生い茂った景色からも想像できた。

山に入ってから道中、当然のように会話はなくゼラさんが着ている軽装鎧《けいそうがい》と腰に携えた剣の擦《こす》れる金属音だけが鳴っている。

気まずさは感じない。馬車の中での無言の空気に慣れてしまったのだろう。

手持ち無沙汰な俺は周りを見回す。

まだ昼間の時間であるため日が出ていて明るい木漏れ日。鳥の声や、虫の羽音などで溢《あふ》れている。今のところ異常はない。

前を歩くゼラさんもそう思ったのだろう、少し歩を緩め俺との距離が縮む。

「行商人は、日が昇らなくなったと言っていたのだったな？」

「ああ、けど……出てるな、日」

「出ているな……村はもう少し先だが……」

となると、噂《うわさ》はやはりデマなのか。別の要因があるんだろうか。

山に入ってから休憩もなしに歩き続け、そろそろ村に着くらしい。日が暮れるような時間でもない。

そこから会話は途切れ、無言のまま歩き続ける。

その時。

「……ん？」


空間が、ぶれた。

空気が震動するような音が鼓膜を叩《たた》く。俺は、一気に肌寒くなった空気に身震いした。

そして、音数が減ったことに違和感を覚え耳を澄ませると、鳥の声などが聞こえなくなったことに気が付いた。

周りの様子を確認しようとするが、なぜか明瞭としない。視界が暗いのだ。

何より、前を歩いていたゼラさんが立ち止まり、空を見上げている。

俺は釣られるように立ち止まると、同じく空を見上げた。
そこには――、

「……は？」


暗い夜を照らすように、黄白の月が輝いていた。

な、なんで…………？

ほんの数秒前まで昼間だったこの山に、夜の帳《とばり》が下りている。

それに加えて。

『試練を開始します』

おいおい……今かよ……。

約一ヶ月ぶりのアナウンスに気持ちが萎える。

あの森で魔物と命のやり取りをしたのは良い思い出ではない。できれば二度と聞きたくなかった声だ。

まあ、ルルノア様に拾ってもらえたのでチャラだけどさ……。

俺は目の前で微動だにしないゼラさんへ声をかける。

「ゼラさん……これ……」

「…………………」

「……ゼラさん……？」

「……何でもない……行くぞ」

反応が悪いゼラさんに違和感を覚える。

俺に顔を見せようとしないゼラさんは、振り返ることなく歩き出した。歩きながら、口を覆う素振りを見せている。

どうしたんだ？　ゼラさん……。

埒《らち》が明かない思考を切り替えると、現状についての整理を始める。

「……夜……だよな」

「……恐らく結界の一種だ。何者かがこの状況を作り出していると考えるのが妥当だろう」

「えぇ……そんなことできんのかよ」

「いや、私も聞いたことがない。それ以外の可能性が思い付かないだけだ」

ゼラさんも上手《うま》く状況が飲み込めていないようだ。それほどのイレギュラーなのだろう。

そしてそこへ、夜の脅威が顔を出す。

「フゴッ！　ブブ……ブボオオオオッ！」

『魔物との遭遇《エンカウント》を確認。『吊るされた男《ハングドマン》』の試練の詳細を開示いたします』

『目前の魔物、オークの討伐。初回達成報―――』

甲高い金属音が耳をつんざく。

そして、重いものが地面に落ちる音が辺りに響くと、オークと呼ばれた魔物の頭部が地に転がる。首の断面からダムが決壊したように血が溢れ出し、地面を汚している。

剣を振り抜いた体勢のゼラさんは再び剣を振り血を払うと、鞘《さや》に納め何事もなかったかのように俺に振り返った。

「夜は魔物の活動が活発になる。精々気を付けるんだな」

「それは……心配してくれてんの？」

「はっ、寝言は寝て言え」

ゼラさん……つっよ……。

振った剣の軌道は辛うじて見えた程度だ。あれじゃ躱《かわ》しようがないな。

俺は頭部を失い倒れた身体を憐《あわ》れに思いながらそのまま歩き出す。

すると、村に向かい歩き出した俺を見たゼラさんは魔物へと近づいた。

「村に行かないのか？」

「……先に進んでいろ。このまままっすぐだ。夜であれば明かりがあるはずだ、それを見つけろ」

「……わかった」

有無を言わせないその言葉に渋々頷《うなず》くと、俺はまっすぐ歩き出した。

途中、ゼラさんが気になり振り返るが、まだ闇に慣れていない目でははっきりとは見えない。しゃがみ込んで何かをしている……のか？

気になりはするが、ここでまた余計な気を回すとうるさそうだしな。

俺は前へと向き直り、村を目指す。


それから少し歩くと、前方に薄明かりが見え始めた。夜の山で見つけた人工的な明かりに、安心感がじわりと湧き上がる。

「あれか……」

「そのようだな、行くぞ」

「うおっ！」

いつの間にか背後にいたゼラさんに驚き声を上げるが気にした様子はない。そのまますかずかと村へと歩いていくゼラさん。俺は不承不承それについていく。

村の門の前に警備の男性が立っていた。

それを確認したゼラさんは、俺に前を進むように指示をする。人族と話したくないのだろう。

俺はゼラさんと入れ替わると、男性の前へと進んだ。

「あんたたち、こんな村に何の用だ？」

「すみません、俺たちはとある貴族の使いの者でして……この村の日照草の件で調査に来たのですが……」

「ああ、なるほどな。それで話を聞きにってわけか……ビビったろ？　急に夜になっちまうんだからな」

「ええ、一体何があったんですか？」

俺がそう聞くと男性は困ったように頭を掻《か》き、村を指差した。

「村ん中に宿屋がある。そこに、婆《ばあ》さんがいるんだが……詳しい話はその人に聞いてくれ……なんでも――竜を見た、とかなんとか騒いでんだよ」

「竜……ですか？」

いきなりのヤバそうな生き物の名前に尻込みしてしまう。ゼラさんも顔をしかめている。

俺たちの反応を見て疑っていると思ったのだろう、男性は苦笑いした。

「ま、なんでもいい。何もない村だが――ようこそ、日が昇らなくなった村……常夜《とこよ》の村へ」

困ったようにそう言い、村への道を開けてくれる門番の男性。俺は男性に一礼すると、門を抜け村へと入る。

道なりに進むと、山の上部から流れているであろう川に架かった橋があった。その橋を渡った先に、列《つら》なる家々が見える。

村では、夜だというのに人々の盛んな営みが確認できた。

魔物対策の柵を補強する人、行きずりの商人から食材を買う人、村のなかで走り回る子供たち。

この異常に慣れ、もはや日常として受け入れている村の人たちだ。

「……宿屋は……あれか」

村で一際目を惹《ひ》く明かりが灯《とも》る建物が目についた。しかし人の出入りは少ないようだ。

まあ、村がこんな状態じゃ当然か。外から来た人が長く滞在するには不気味過ぎるもんな。

俺はゼラさんを伴い宿屋へと入る。宿屋のロビーでたむろする数少ない人たちは、ゼラさんへと視線を固定したようだ。

ゼラさん、綺麗《きれい》だしな。外見は。

見回すと、ロビーの端で腰の曲がった老人が震えているのを発見した。

「門番が言っていた老婆はあれか」

「あれとか言うなよ……話聞いてくる」

ぞんざいな言い方のゼラさんへ少しの注意をすると、俺はお婆さんに近づく。

お婆さんは俺の接近に気が付くと顔を上げ、少し寝不足気味に見える疲れた顔で俺を見た。

「……おや、旅の方ですかな……？」

「いえ、私たちはとある貴族の命でこの村に調査に来た者です。詳しい話が伺えると聞いて、お訪ねしたのですが……」

「おお！　それはそれは、助かりますじゃ……近くの街の冒険者ギルドに調査依頼を出したのですが……なかなか取り合われないようで……お座りください」

俺はお婆さんの向かいの席へと腰かける。

お婆さんは恐る恐る、躊躇《ためら》いがちに、そして徐《おもむろ》に語り出した。

「……まだ、常夜になる前、村の若い者と日照草の様子を見に行った時のことです。違和感と共に訪れた夜に我々が狼狽《ろうばい》していた時……見たのです。山の頂上で、月に吠《ほ》える〝竜〟を」

「竜……」

「ええ、ですが目撃したのは私だけ……信じる者はいませんでした。ただこれだけなのですが……あまりに不気味で……」

頂上にその姿を現した竜。

お婆さんの話はこれだけのようだ。詳しい話といってもこの程度。抜本的な解決に至るものではない。

だが、お婆さんの蒼白《そうはく》の顔とそこに張り付く怖気《おじけ》にこの話を嘘《うそ》だと一蹴させないなにかがあるように感じた。

「……お話、ありがとうございました」

「いいえ、ただ、これだけです。お力にはなれなかったでしょう……ここの店主に話を付けます。少し割安で、ここで休憩なさっていくのが良いでしょう」

「……助かります」

村全体が困っているのだろう。だが、調査をする人員もいない。だから、調査に来た俺たちがありがたい存在だということか。

ゼラさんにお婆さんから聞いた話をそのまま話す。

しかしゼラさんはどこか上の空でボーッとしている。目の焦点も合っていない。

「……ゼラさん？」

「……あ、ああ……竜、だったな……」

「ああ。それと、この宿で休憩させてくれるそうだ。とりあえず休もう。詳しい話はその後で」

「…………」

無言で、心ここにあらずの状態で頷くゼラさん。

やけに素直なゼラさんを不思議に思うが、疲れているのだろうと考え、宿の受付へと向かう。

二人分の部屋の鍵を受け取ると、ロビーにある階段で二階へと上がった。

「じゃ、少し休んだら、山に入る準備をして調査開始にしよう……ゼラさん？」

「……ああ、問題ない」

「どうしたんだ？　さっきから様子が」

「貴様が気にすることなどない。早く休め」

ゼラさんはそう言うと、部屋へと入っていった。

なんだよ……ただ気にしただけなのに。

ゼラさんの態度に少し苛立つが、切り替えて俺も部屋へと入る。

蛍光色の明かりが灯る部屋は質素だが落ち着いた雰囲気があり、疲れた身体《からだ》を休めるには十分な環境に思える。

少し、寝るか。起きたら水とタオルを宿で借りて身体拭いて、道具買って、調査開始だ。

俺は、城を出てから初めてのしっかりとした寝床に身を投げ、意識を暗転させた。

■

殺す。殺す。殺す。

——を立て、——を啜《すす》る。

月が、夜の闇が、この香りが、私を狂わせる。

さらさらとしたものを飲み下す。ダマになったものを咀嚼《そしゃく》し、嚥下《えんげ》する。頭を刺すえぐみに顔をしかめつつ、それでも本能がこの行為を止めさせない。

嫌いだ。嫌いだ。嫌いだ。

奴《やつ》らも、私も。私を排斥した奴らが、呪われた醜い私が、嫌いだ。

吐き出した肉片を踏むのも厭《いと》わず、求める。口からこぼれたそれが地に落ち、血の轍《わだち》を残す。

醜悪だ。害悪だ。梟悪《きょうあく》だ。

自らを厭悪《えんお》し、ルル様への逆悪を悔いる。

しかし、止まらない。こうなってしまっては、身を突き動かす衝動は、止まらない。

背中が痛い。幻肢痛だ。わかっている。でも、痛い。あの日が、痛い。

今も癒えることのないあの記憶が、全身を這《は》うようにのたうち回る疼痛《とうつう》が。忘れるなと叫ぶ。

奴らを恨めと、憎めと、絶叫している。

嫌だ。嫌だ。嫌だ。

怖い。助けて。誰か。

いるはずのない誰かを求める。

自らが遠ざけ続けた、誰も残っていない場所へと手を伸ばす。

大きな月が、私の醜さを照らす。

■

「……ん……」

目を覚ます。

窓の外の明るさが変わらないから、どのくらい寝ていたのかもわからない。

ゼラさんはどうしてるんだろう……。

起き上がった俺は伸びを一つしてから部屋を出て、ゼラさんの部屋をノックする。

しかし、反応がない。

「……寝てる、のか？」

何度かノックしても反応がないことを確認した後、ロビーに降りる。

すると、俺の顔を見た受付の男性が声をかけてきた。

「休めましたか？」

「ええ、お陰様で」

「それは良かったです。……あー、それはそうと、少し前にお連れ様が宿を出ていかれましたよ。かなり、ふらふらした様子で……山の方へ行かれました」

「ゼラさんが？　………わかりました、ありがとうございます」

話を聞き、宿を出る。

少し辺りを見回した後、村の入り口の門とは逆方向へと歩いていく。

しばらくすると家々がまばらになってきた。閑散とした雰囲気の道を行くと、村の入り口にもあった魔物対策の柵があった。ここが出口なのだろう。

そこを抜けると山道へ出る。

ゼラさんはこっちに行ったのか？

半信半疑のまま人影を探すが生き物らしいものは何もない。あまり遠くには行っていないと思っていたが、ゼラさんの姿は見えない。

そのまま山道を奥へ、奥へと進んでいく。

村から少し離れた場所を周りを見回しながら歩いていると、遠くに横たわる大きなナニカを見つけた。

あれは、オークだ。

恐る恐る近寄ると、その死体の異様さに気付く。

死体の傷は首への一突き。だが、血が少ない。においもあまりしない。なのに筋肉はその弾性を失っていないことから恐らく死後間もないと思う。

ゼラさんがやったのか……？

オークの死体の近くには点々と血が残っている。山の奥へと続いているようだ。

行くしかない、よな。ゼラさんに何かあったら、ルルノア様が悲しむ。

地面に残る血の跡を辿《たど》る。血の跡が残る山道では数々の魔物の死体を発見した。だがそのどれもが血を抜かれたようで、何年も水分を取っていないかのように干からびている。

俺が異常な状況に困惑していると、耳に水の流れる音が飛び込んでくる。

川……か。村に繋《つな》がっているあの川。

その音に吸い寄せられるように歩を進めた。

『直感』が指し示している。この先に、ナニカがいる。

川を目指し歩いていると、足になにかが当たる。それはカチャカチャという金属音を立て、周辺に散らばっていた。


その正体は、ゼラさんの軽装鎧《けいそうがい》だった。

いや、鎧だけではない。ゼラさんが纏《まと》っていた服が乱雑に脱ぎ散らかされている。

その様子に嫌な気配を感じた俺が顔を上げると、その先に——見た。

深い川なのだろう。

月の光を浴びながら、こちらに背を向け腰までを川に沈めるゼラさんがいた。

……まずい。見つかったら絶対怒られる……。

心配してここまで来たのだが、そんなことはゼラさんには関係ない。

俺は冷や汗を流しながら音を立てないように引き返そうとしたのだが、ふと、ある光景に目が留まった。

ゼラさんの背中に残る傷跡。

大きな二つの裂傷があったであろうことを感じさせるその傷跡は白く変色し、ただでさえ白いゼラさんの肌でも一際目立っていた。

だが、少し爛《ただ》れたような跡がある。痛々しい生傷だ。

ゼラさんの周りの水には魔物のものだろうか、血が浮かび、赤く変色している。

初めて見た凄絶な光景に動揺し後ずさる。

しかしその時、足を地面にある鎧にひっかけてしまった。鎧が大きな摩擦音を立てる。

あ、これまずい……！

その音に気付いたゼラさんがバッと振り返り、俺と目が合った。俺はすぐさま目を逸《そ》らし後ろを向く。

そしてこれから来るであろう罵倒に身構えていたのだが、いつまで経《た》ってもゼラさんは言葉を発しない。

違和感を覚え、ちらと目線だけをゼラさんに向ける。

そうして見たゼラさんにあるのは怯《おび》えそのものだった。

自分の身体を抱くように、あるいは傷を隠そうとするように身を縮ませる。

震えている。

俺は再び目線を勢いよく逸らした。

「……あ……あ、ぁぁ……」

「わっ、悪い！　血が道に続いてたから心配になって！　先に村に戻ってる！」

言い訳がましく捲《まく》し立てるとその場を後にする。ゼラさんの怯えきった様子に動揺しながら来た道を走った。

最悪だ……何やってんだ俺！

川を離れ、立ち止まる。そして冷静になると悔恨の念に苛《さいな》まれた。

謝って許されることじゃないな、これ。どうしよ……。

だが、謝らないという選択肢はない。土下座でもなんでもしてやる。

俺が懊悩《おうのう》していると、後ろから足音がした。

きっと、ゼラさんだ。

俺は振り返り、謝罪をする。

「ゼラさんっ！　わる――――ッ」

白刃が煌《きら》めく。

俺の足が地を離れ、押し倒された。

月光を鈍く反射した刀身が俺の首へと添えられている。

鎧の下に着ていた薄着だけのゼラさんが俺を押さえ付けるように馬乗りになっている。

「ゼラ、さん……？」

ああ、そうか。

だからフィーナさんは、俺に魔族の種類について詳しく教えたのだ。

俺に覆《おお》い被《かぶ》さるゼラさんの瞳は、いつもの黒曜から妖しく光る金に。尋常ではなく伸びた八重歯から滴るなにかの血が、俺の頰を濡《ぬ》らした。


例外的な魔族認定を受ける存在。

太古の時代、世界に仇《あだ》なした真祖と呼ばれる存在から脈々と受け継がれているその血による、人族の突然変異。

人類に迫害され、魔族に忌み嫌われる、孤独。

吸血鬼《ヴァンパイア》、或《ある》いは吸魔鬼《ノスフエラトウ》。

それは、血を吸い、魔力を吸う。

日の光を受けることができず、昼に動くことはできない、夜の王。一対の悪魔の羽を持つ異形。

しかし、ゼラさんは日の下を歩いている。その事実が示すのは、弱点を克服した真祖の直系。

太陽を嗤《わら》う者。『理外《デイウォーカー》』。

「私の、傷を見たな。人族」

冷たい。

「貴様は――」

拒絶。

「――ここで死ね」

■

死ね。今ここで死んでくれ。

ルル様が魔王城に連れてきた人族。ルル様の執事として私の聖域にずかずかと土足で踏み込んできた、踏み荒らしてきた人族。

初めから嫌だったんだ。そもそも魔族領に人族がいること自体が可笑《おか》しかったんだ。

間違いを正すだけだ。振り出しに戻すだけだ。

だから、震える必要なんてない。だってこいつは、人族なんだから。

人族の男は、目を見開き仰向《あおむ》けでこちらを見ている。驚愕《きょうがく》の表情は無様の一言に尽きる。

「吸、血鬼《ヴァンパイア》……？」

男が呟《つぶや》く。

やめろ。やめろ。その名前で、私を呼ぶな……ッ！

狂ってしまうほどの激情に喉が詰まる。


吸血鬼《ヴァンパイア》。

私の先祖はそう呼ばれ、世界を敵に回した。血の通うすべての生物を襲う悪鬼だった。

そして、世界中の生物に忌み嫌われたまま死んでいった。人族の中に、自らの血を残して。

私はたまたまその血に覚醒しただけだった。

人族の父と母から生まれ、何不自由なく暮らしていた。幸せだった。

そして、五歳の誕生日。私に羽が生えた。

ただ、それだけだった。

「人族《きさまら》は……どうしていつもっ…………！」

私の大切な場所を。大切な人たちを。

言葉にならなかったその言葉を脳内で反芻《はんすう》する。

剣を持つ手に力が籠もる。

男の首筋に血が滲《にじ》む。その血は首を伝い地面へと落ちた。

「ゼ、ゼラさん……なん……」

なんで？　なんでだと？

それは、貴様が人族だから。私を壊した、人族だから。

「……私の傷を見た。正体を知った。だから、殺す。私の正体が知れたら……私は魔王国にいられない」

魔王国どころか、世界に、私の居場所はなくなる。

あの場所だけが、縋《すが》りついて離すことができないたった一つの残された居場所だ。

「知れたらって……俺は、別に……言いふらすつもりなんて……」

嘘《うそ》だ。嘘だ。人族は、騙《だま》す。偽りを弄する。甘言を操り、非力な己を隠す。そして、奪う。殺す。

あの日と同じように。

「信じるわけが、ないだろうッ！　……私の家族を……羽を……すべてを奪った人族《きさまら》をッ！」

そうだ。間違ってなんかない。

殺せばすべてが終わる。こいつを殺し、魔王城に帰る。それですべてが丸く収まるんだ。

そうすれば……またいつも通りだ。そのはずなんだ。

だから、震えないでくれ。殺させてくれ。

私の口を悲愴《ひそう》がつく。過去の記憶を溢《こぼ》す。

「人族《きさまら》は、私の家族を燃やしたっ！　私が……吸血鬼《ヴァンパイア》だったから！　何も……なにもしてないのに……」

私の口は止まらない。

「まだ幼い私を押さえ付け、羽をもぎ取ったッ！　そして……羽を燃やし、私の背中に押し付けた……堕落の象徴だと下卑《げび》た笑みを浮かべながら……私の背を焼いたっ！」

私が、私が……ッ。

「私が……人族《きさまら》に何をした⁉」

ただ、生きることが罪だったのか。

「……私の先祖が人を殺したからか⁉　それだけで……そんなことで……私は！　私は、生きていては、駄目だったのか……？　なあッ⁉」

なぜだ。なぜ、そんな憐《あわ》れんだ顔で私を見るんだ……。

「吸血鬼《ヴァンパイア》だとか、子孫だとか……そんなこと、どうだって良いだろう⁉　……私を……私を見てくれ……っ」

なぜ私は、この男に縋っているんだ。

■

『あいつの親、人殺しなんだってよ』

『マジ？　こえ～、近寄らないでおこーぜ』

『うわっ、こっち見た！　殺されるぞ！』

『これから同じクラスかよ……こえーって……』

『わかるわ～、正直、死んでほしいわ』

『おまっ、言い過ぎじゃね？』

『殺されるよりいいだろ』

『ぶははっ！　確かに！』

嫌なこと思い出させてくれるよホントに。

殺されないためなら殺していい、か。異世界に来てもこんな感じか、人間は。

俺の首に剣を押し当てているゼラさんは、震えながら涙を流している。

何も、してないのに。ゼラさんはそう言った。俺と同じように、そう言った。

イライラする。

それがわかってて、なんで、こんなことしてんだよ。俺を見て、人族、人族って。

俺はゼラさんが持っている剣を摑《つか》む。

痛い。手から血が出ている。でも関係ない。

目を見開くゼラさんに、目を合わせる。

ゼラさんには、俺を殺せない。

恐らく、人を殺したことなどないのだろう。尋常ではない震えを抑えながら剣を添えている。

だが、いつまで経《た》っても、俺は生きている。

人を殺せるほど、残酷にはなれない。きっと優しいんだろう。どれだけ恨んでいても、殺せない。


親が人を殺したから？　俺がなにをした。

俺は、なにもしてないのに。俺を、見てくれ。

元の世界で腐るほど考えたそれが、今になって返ってくるなんてな。

だから――本当にイライラすんだよッ！

「……いい加減に、しろっ！　このバカが！」

「なっ！　きっ、貴様っ！」

「人のこと散々人族だ人族だって言っておきながら私を見てくれだぁ!?　ふざけてんじゃねえぞクソがっ！」

感情に任せ悪態を吐《つ》く。馬鹿のすることだ。

でも、馬鹿相手には丁度良いだろう。

「てめえが吸血鬼《ヴァンパイア》だとか、そんなことどうだっていいんだよ！　知らねえよそんなこと！」

そうだ。関係ないんだ。

「俺はなあ、種族なんかに興味ねえんだよ！　最初《はな》っからな！　俺は！　てめえを！　ゼラさんを見てんのに！　てめえは人族のことばっかだ！」

「っ！」

ゼラさんが吸血鬼《ヴァンパイア》だった。だからどうした。それを知っても何も変わらない。知らなかった時と、大差なんてない。

「てめえも、てめえを襲った奴《やつ》らと変わらねえじゃねえか！　種族で勝手に決めつけて、今、俺を殺そうとしてる！　同じだ、そいつらと！」

「ふっ、ふざけるなッ！　私はっ」

「ふざけてんのはどっちだ⁉　てめえ、俺の名前呼んだことねえだろ⁉　人族ってばっかで、一度も俺を見てない！」

元の世界の奴らと同じだ。

ああ、止まらない。知られたくないことまで、口走ってしまう。

ならもう、全部吐き出してやる。

「……俺の両親は、人を殺した！　金に目が眩《くら》んで、自分の家族をぶっ殺しやがったんだよ！」

「――――」

「でも！　そんなこと、俺に関係ないだろ！　俺がやったわけじゃない！　なのにみんなが、俺を人殺しの息子だって言いやがる！　ふざけんじゃねえ！　俺を！　俺を見ろよっ！」

殺しがバレて親が捕まって、その割りを食ったのは俺一人だ。

実名報道しないからとか宣《のたま》って、配慮はするからとかぬかして、俺の家に大勢の人間が押し掛けた。そんな騒ぎになったら嫌でも噂《うわさ》が立った。

巷《ちまた》を騒がせた殺人犯と同じ名字の俺がその息子だと。

人の不幸を食って生きるあいつらのせいで、俺の人生は終わった。

でもこの世界に来て、変われると思った。

それが、また。

「てめえの不幸も！　人族の悪行も！　俺には関係ないだろうが！　俺が！　てめえに！　何をした!?」

「……だ、黙れッ！　それを言うなら貴様の不幸も私には関係ないッ！　貴様が……私の正体を言わない保証などないッ！」

見ていればわかる。

ゼラさんは人族が嫌いなのではない。人族が怖いんだ。心の底から恐れてるんだ。

信じることなんてできないんだ。

「吸血鬼《ヴァンパイア》は……忌むべき存在なんだ！　だから、それがバレてしまったら……魔王国全体が恐慌に陥るのは目に見えている……！　だから、魔王様は箝口令《かんこうれい》を敷いたのだ。私の正体を知るルル様も、ネル殿も、フィーナ殿も、義父上《ちちうえ》も、誰もが口を閉ざしている。私のおぞましい正体についてな……異世界人の貴様にはわからないだろう……」

あぁ……本当にイライラする。

馬鹿にするなよ。俺を受け入れてくれた人たちを、馬鹿にするな。

「この……！　大馬鹿やろうがッ！　あの人たちがそんな理由でんなことするわけねえだろッ！」

きっと、大切な女の子のために。

「――てめえのためだろうがッ！　大切なゼラさんのために！　誰にも言わねえだけだ！

ゼラさんが嫌がるから！」

「なっ……！　そ　んなわけがあるかっ！　何も知らないくせにっ！」

「何も知らねえのはてめぇの方だ！　ルルノア様は、あの人はなぁ！　あの森で、てめえが助けに来たと知った時、すげえ嬉《うれ》しそうにてめえのこと『友達』だって言ったんだよ！」

「────ッ！」

きっと俺なんかより、ゼラさんを信頼しているんだ。悔しいけど、でもそれでいい。

「そんなてめえが！　あの人たちを信じなくてどうすんだよ！　……てめえは自分のことばっかだ！」

俺とゼラさんは似ている。

自分のことが死にたくなるほど嫌いで、だからこそ自分のことばかり考えて周りを蔑《ないがし》ろにする。

「あの人たちにとっても、俺にとっても！　てめえは恐れるべき存在なんかじゃねえんだよ！　なんでそれがわからねえんだ!?」

「──黙れッ！　異世界人の貴様にはわからないッ！　だから、恐れずにいられるんだ……ッ！　吸血鬼《ヴァンパイア》の真祖は生きるために、大陸の半分の血を枯らした……その力が……私には流れている。世界で一番生物を殺した存在の血が！」

人族を恐れ、魔族を避け、己を嫌う。

雁字搦《がんじがら》めのゼラさんは、もうどうすることもできないんだ。

だからルルノア様は、俺とこの人を一緒に調査に来させたのか。救ってあげてほしいから。

そんな都合のいい予想に突き動かされ弾《はじ》かれるように言葉を返す。

「それを言うなら、俺もそうだ！」

「なっ、何を言っている！」

「世界で一番生物を殺した存在の血だよ……！」

元の世界で一番生き物を殺した者。

「異世界人のてめえにはわからねえだろうな、教えてやるよ……俺たちの世界で一番生物を殺した存在は——人族なんだよ」

魔物やら、竜やら、そんなものがいない世界。

外敵がほぼいなくなった世界で、人は手を取り合ったはずだった。なのに、人が死に続ける世界。残酷に染まり続ける世界。

「生きるために血を吸う。んなもん弱肉強食だ。食物連鎖の内に過ぎねえよ。けどな、俺たちの世界ではそうじゃない。人が私利私欲のために生物を、人を殺し続けるんだ。ふざけてんだろ？」

「……な、なにを……」

思わず笑ってしまう。

異世界の特殊な能力や魔法がなくても、人間はこうも残酷なんだ。

目の前で俺に剣を突き立てているゼラさんなど、かわいく見えてしまうほどに。

「ゼラさん。人族とかを抜きにして、俺が怖いか？　俺たちの世界で、一番生き物を殺した存在の血を引く、俺が」

「…………ッ」

「怖くねえよな……同じだ。俺もゼラさんは怖くない」

会ってから一ヶ月しか経っていないけど、魔王城にいる時のゼラさんは、ただのかわいい女の子なんだ。

「怖いわけない。ルルノア様と、ネルさんと話してる時の楽しそうに笑うゼラさんを。俺が作ったお菓子を、そうとは知らずとも美味《おい》しそうに食べてくれたゼラさんを、怖がれるわけないだろ」

ゼラさんは俯《うつむ》く。

自分の中のなにかに抵抗するように、カタカタと震える。そうして徐々に全身の強張《こわば》りを解いていき、剣を持つ手からも力が段々と抜けてきている。

少しして顔を上げたゼラさんは、滂沱《ぼうだ》の涙を流していた。

目の色も、八重歯も、元のゼラさんだ。

「私を怖がらないのは……貴様に……力があるからだ。貴様だけじゃない……ルル様たちもそうだ。私に抵抗できるだけの……力があるからっ……。そうじゃなかったら……もし、力がなかったら……きっと、私を恐れるに決まってる……っ」

ゼラさんがルルノア様たちを信じきれていないのはこれが原因か。

ゼラさんを恐れないのは、力があるから。ゼラさんと同じくらい、強いから。

けど──、

「それでいいじゃねえかよ。何も気にすることなんてない」

「……え？」

つくづく似ている。

俺も、考えるんだ。

異世界に来た時、俺に与えられた力が『吊るされた男《ハングドマン》』じゃなかったら。俺に力がなかったら。その状態で、ルルノア様に会っていたら。

今の状況はあり得ない。所詮、俺は運が良かっただけだ。

でも、そんなもんだろ。みんながそうだろ。

「運が良いって思っておけばいいだろ。偶然、周りに同じくらい強い人たちが集まった。

滅茶苦茶《めちゃくちゃ》ラッキーじゃねえか。それで満足しとけよ」

「そっ、それでは意味がない！　貴様だってそうだ！　貴様に力がなかったら……私を恐れていただろう……？」

「ああ、そうかもな」

これは事実だ。多分怖がっていた……と思う。

俺の返事を聞いたゼラさんは、突き放されたように、表情を暗くする。

わかってないな、これは。

「何回も言わせんなよ。ゼラさん、俺を見ろ。目の前にいる俺を」

ゼラさんは再び顔を上げる。

縋《すが》るような顔だ。シュヴァテといい、ゼラさんといい、ずるいよなぁ、この顔。

「力がなかったら、弱かったら。怖がってたかもな。でも、かもしれなかっただけだ。そんなやつはゼラさんの頭の中にしか存在してない」

ああだったらとか、かもしれないとか。気にしたってしょうがないだろ。

いつだって、見るべきものは目の前にしかない。

「ゼラさんの目の前にいる俺は、ゼラさんを怖がらなくていいだけの力があって、異世界人だ。吸血鬼《ヴァンパイア》についてもよく知らない無知なやつだ。そんな俺は、ゼラさんを怖がることはできないんだよ。それでいいじゃんか。その俺を見てくれよ。人族とかじゃなくて、俺を。俺は――ゼラさんを見てる」

「…………っ」

俺だけじゃない。

ルルノア様もネルさんもアルト様もフィーナさんも。ゼラさんの義父、騎士団長だってそうだろう。

ずっとゼラさんを見てた。後は、ゼラさんが吹っ切るだけだったんだ。

「……怖くないのか？」

「怖くない」

「……嫌わないのか？」

「もう、無理そうだな」

「私が、私の生き方が……醜いと言わないのか？　穢《けが》れているとは？」

「言えない、ゼラさん綺麗《きれい》だし」

「私は……生きていてもいいのか？」

「死んだら、魔王城の人たち悲しむぞ、絶対。俺も……嫌だ」

「……それは……力があるから……」

「まだ言うのかよ……あー、そうだな。もし仮に、今俺の力が全部失《な》くなっても、怖くねえよ。泣いてる同い年の女の子怖がるやついねえよ。しかも、かわいい女の子だし」

「……ばかっ、ばかものっ……」

ゼラさんは泣き続ける。

いつしか、俺の胸に顔を埋《うず》め、俺の身体《からだ》を抱くようにして、それでも泣き続けた。

まるで、今まで我慢していたすべてを吐き出すように。

地面に横たわる俺たちの頭上では、夜空に浮かぶ月が眩《まぶ》しいくらいに光り輝いていた。

常夜《とこよ》の村の宿屋。その裏口から外へ出ると、一本の大きな木が生えた小さな庭になっている。

宿屋の店主が俺に裏口の鍵を渡してくれた。

「野外調理ならここを使うと良いでしょう。良い感じに風も入りますし、湿気《しけ》らず火も保《も》ちやすいですからな」

「ありがとうございます。野菜もこんなに貰《もら》ってしまって……」

「良いんですよ！　この村に調査に来てくれるお方はなかなかいらっしゃいませんからな……せめてものお礼です。これで英気を養ってくだされ。それでは」

店主は焚《た》き火台を置いて、宿に戻っていった。

よし！　それじゃ、始めるか！

焚き火台に貰った薪《まき》を入れ、火の魔石に魔力を込め、薪の中に放り投げた。すると、パリンッと石が弾ける音と共に火が上がる。

魔石、便利だな。

あの捨てられた森での一件から、俺には魔力が定着していた。確認のためステータスを開く。

リュート・サカキ　Lv.116
『吊るされた男《ハングドマン》』
力　C＋　耐久　D＋　敏捷《びんしょう》　B＋
魔力　D
『太陽《ザ・サン》』の魔力により身体能力上昇
総合身体能力評価　C＋

試練中につきスキル限定解除
『叡知《えいち》』自身の存在強度及び身体能力を可視化
『直感』危機認知及び回避能力上昇
『慎重』危機的状況時、気性及び思考の鎮静化

逆位置　欲望

▲▼■●■▲▼

久々に見たな、ステータス。試練中じゃないと細かいステータスは見られないからな。

実のところ、ゼラさんとの問答で俺が焦らずにいられたのは試練中だったからというのも大きい。少しずるいけどな。

ゼラさんに剣を突き立てられていた時、『慎重』スキルが発動しなかったので、ゼラさんに俺を殺せるだけの殺意がなかったことはわかっていた。

ゼラさんは、最初から優しい人だったということだろう。

当のゼラさんは疲れてしまったのか、今は部屋で寝ている。起きてきたらご飯を食べてもらおうと思い、絶賛料理中の使用人こと俺である。

それにしても、最後の文字化けってなんなんだろう。あの謎の声も聞こえないし……。

まあ、今度聞けば良いか、あの声暇そうだし。

俺は思考をやめると、折り畳み式の机を広げ、その上に食材を並べていく。

キャベツみたいな野菜とじゃがいももどき。ニンジンみたいなのと、硬めの魔物の肉。

ノイドさんから教わったやつだと……ポトフとかが丁度良いかな。

焚き火の上に脚付きの網を置き、その上に鍋を置く。鍋の中に水と固形調味料を入れ、乱切りにした野菜をぶち込んでいく。

煮たった後、少し時間をかけて煮て、肉を入れる。これだけで美味しいポトフの完成だ。

ゼラさん、食べてくれるかな……。

そんな心配をしつつ、箸でつつきながら肉の柔らかさを確認していた時。

裏口の扉がバンッと音を立て勢いよく開かれた。

そこには肩で息をする、枕を抱いたゼラさんがいた。

「ゼラさん……？」

「……はぁ、はぁ……ここにいたのか」

「ああ、どうかしたのか？」

「い、いや……別に。貴様の部屋に行ったらもぬけの殻だったのでな……」

ええ……？　枕持って俺の部屋に来ようとしてたの？　なんで……？

俺の疑問をよそにゼラさんがこちらに近寄ってくる。

「それは、夕餉《ゆうげ》か？」

「そう。これ食ったら、調査開始だな。少し時間食っちゃったけど、誰かのせいで」

「わ、わるかったな……！」

「いやいや、必要な時間だっただろ。少し打ち解けられたしな」

こんな気安い会話ができるようになったことに少し感動する。

俺は庭に置いてあるベンチを机の前に置き簡素な食卓を作る。完成したポトフをよそい、机に並べた。

「よし、できた。ゼラさんも座ってくれ。……あーそれとも、俺の飯とか食いたくない？」

「………………いただく」

「そうか、良かった」

結構な間を開けて返事をしたゼラさんは、俺が座るベンチに同じく座った。


いや、ちっっか。ゼラさんちっっか。

え、肩とかほぼ触れてるんだけど。近くね？　ベンチそんなに小さくないよ？　別にいいんだよ離れて座っても。

「……？　……どうした？」

こっちの台詞《せりふ》だわ。どうしたよお前。

「い、いやゼラさん……その」

俺がそう言うと、ゼラさんは少し顔をしかめる。そして、その後少し拗《す》ねたような顔をする。

いやなにその顔。

「き、貴様、いつまでそれを続けるつもりだ」

「は……？　それ？」

「……その……敬語を使わないのだったら敬称もいらないだろう。普通に考えて……」

「え、ってことは敬語使えってこと？」

「なっ、なぜそうなる⁉　逆だ逆！」

これはつまりあれか？　呼び捨てでいいよってことか？

「えーと……ゼラ？」

「ッ⁉　……なっ！　……ぁ……っ、っ……な、なななんだッ⁉」

「いや、呼んだだけだけど……」

滅茶苦茶動揺してんじゃねえかよ。どうしたのこの子、怖い夢でも見たのか？

顔を赤くしたゼラは、目の前のポトフを掻《か》き込んだ。少し熱そうだが、それでも箸を止めない。

「どうだ？　結構上手《うま》くできたんだけど」

「…………まぁ、美味《おい》しいな、うん」

「そっか、良かった」

ゼラからの素直な感想に思わず破顔する。

そんな俺の顔を見たゼラは、再び赤面すると俯《うつむ》いてしまった。

なんか調子狂うな。妙にしおらしいというか。

そんなゼラは、意を決したように俺に向き直った。

「……その……リ……リリッ……リュ……」

「りゅ？」

「リュ、リュ………竜の件についてなのだがっ！」

ああ、竜ね。一瞬、名前呼んでくれるのかと思って構えてたのが少し恥ずかしいな。

ゼラはなんか悔しそうな顔してるけど、どうしたんだろう……。

「竜か。頂上にいるかもってやつだよな」

「………ああ、そうだ。ずっと考えていたのだが、この状況を作り出しているのは、恐らくその竜だ」

「竜ってそんなことできんの？」

「普通は不可能だ。夜を造り出す結界など聞いたこともない……しかし、推測が正しければ……一体だけ、それが可能な存在がいる」

ゼラは薪のはぜる音に飲まれてしまうほどの声で、恐る恐る呟《つぶや》いた。

「天司《てんじ》竜《りゅう》ギヴルディアヴルム。世界を司《つかさど》る、三竜の一柱だ」

四章

天司竜ギヴルディアヴルム

天司竜《てんじりゅう》ギヴルディアヴルム。ゼラはそう言った。

この世界が創生された時から存在していると言われている、ほぼ神話の生物。

存在が確認されているのは確からしいのだが、如何《いかん》せん情報が少な過ぎるらしい。

天司竜
地統竜《ちとうりゅう》
人君竜《じんくんりゅう》

この三柱の竜は、ドラゴニュートと呼ばれる種族に深く信仰されている。竜種の中でも最上位のモノたちらしい。

数多《あまた》の叡知を蓄えた高次元生物。

そんな存在がなんで……。

その疑問に答える者はいない。

『魔物との遭遇《エンカウント》を確認。『吊るされた男《ハングドマン》』の試練の詳細を開示いたします』

『目前の魔物。オークの討伐。初回達成報酬、存在強──』

「おらっ！」

『目前の魔物。シュル──』

「よっと！」

『目ぜ────』

「そいっ！」

俺とゼラは村の奥から山の頂上へと続く道を行く。

その道中に出現した魔物をゼラに無理を言って俺が討伐させてもらっている。試練中はできるだけ成長しておきたい。この世界で生きていくには、自身の強化は必須である。

「ふぅ……あの森の魔物より相当弱いな。これなら調査も楽そうだ」

「魔物は、魔王国に近ければ近いほど強力になる。魔力に富んだ土壌が原因だと言われていてな。人族が魔族を目の敵にする原因の一部もそこにある」

「ほー、なるほど」

歩きながらその都度ゼラから魔物のことなどを教わる。可食部のある魔物や、加工すれば様々なことに利用できる魔物の素材などについてだ。

「教えてくれてありがとう、ゼラ」

「ぁ、ああ……気にするな」

ゼラは落ち着かないように剣の柄《つか》を撫でながら、恥ずかしそうに俯いた。

感謝されるのに慣れていないのだろうか。

しかし、ゼラはなにかに気付いたように顔を上げ俺を見た。

何だろう？

「き、貴様は武器を使わないのか？」

「武器？　……ああ、元の世界では全く使ったことないし……慣れないものを扱うのは、かえって危険かなって思ってさ」

「そ、そう……だな。慣れていないとな……うん」

ゼラは頻《しき》りに頷《うなず》きながら呟いている。どこか嬉《うれ》しそうだ。

「ならば仕方ない！　私が、貴様に剣を教えてやろう！」

「え!?　マジで!?　ゼラが？　俺に？」

「な、なんだその反応は……不満か……？」

「い、いや！　俺としては願ったり叶《かな》ったりだけど……いいのか？」

「し、仕方なくだぞ！　仕方なく！　ルル様に仕えるその手を魔物の血で汚すのは不敬だからな！」

そう捲《まく》し立てるゼラはいつもより活《い》き活きして見える。剣が相当好きなんだろうな。

でも確かに、ルルノア様に給仕するこの手はあまり汚したくない。

「じゃあ、魔王城に帰ったらお願いできるか？」

「う、うむっ！　任せておけ、リ……リュー……竜のもとへ急ぐぞ！」

いやもう呼んでくれればいいのに。あと、ト、だけじゃん。

歩幅を広げ前を行くゼラに追随する。

すると。

『あー!!　ハングドマンが別の女連れて歩いてる！　浮気だ浮気！　ヤリチ』

黙れ。

『ぶー！　久しぶりに来たってのにその態度！　相変わらずだねハングドマン。あんなに助けてあげたってのに……』

助けてあげた？　そんな覚えはない。

『やーっぱり気付いてない……仕方ないか、アナウンスもちゃんと聞いてなかったし……まあいいや。それより、なにしてんの？』

教えないとうるさそうなのでこれまでの経緯をざっくりと話す。こいつなら何かわかるかもしれないし。

『ほえー、天司竜ねー。真偽はともかく、ウルディアならできるだろうね。空はあの子の庭だしね』

ウルディア？　なにそれ？

『天司竜の愛称だよぉ』

こいつ、本当に何者なんだろう？　でもきっと答えることはないんだろう。

『でも、討伐とかは考えない方がいいよ。今の君じゃ敵《かな》いっこないからね』

んなこと考えてない。本当に天司竜が原因なら話し合えばいいだろ？　人の言葉を操るらしいし……。

『まあ、そうだけど……人に迷惑かけるような子じゃないんだけどなぁ……何かあったのかもね』

意味深に呟く謎の声は、嫌に頭の中に響いた。

■

山に入ってから、相当の時間が経《た》った。空の模様は変わらず夜の闇に包まれている。

そして、頂上はすぐそこだ。

ついに、来た。しかし、俺の懸念は強まるばかりだ。

なぜなら、『直感』スキルがとんでもない警鐘を鳴らしているから。

この先はまずい。そんな漠然とした予感だけが脳を突き刺す。ゼラも似たような感覚を得ているのだろう。言葉数が平時より更に少ない。

「……貴様……大丈夫か？」

「……ああ、平気だ。ゼラこそ大丈夫か？」

「無論だ」

そう言い合うが、隠せない緊張は確かにあった。


そして、その時は来る。


俺とゼラは、この山の頂を踏む。竜の棲《す》む、この霊峰を瀆《けが》した。

山頂は隕石《いんせき》でも落ちたかのように窪《くぼ》んでいた。まるで、火山の火口のような窪地だ。相当な深さだな。

俺とゼラはその窪地を見下ろす。


――――いる。


その窪地の中心で、月の光を浴びる巨大な厳格が。

光を反射した銅色の鱗《うろこ》。翼を打つだけで矮小《わいしょう》な生き物を亡くしてしまえるほどの威圧を放つ、完成されたその体軀《たいく》。

俺たちの存在に気付いたのだろうか。徐《おもむろ》にその首をもたげる。遠くからでもはっきりとその色を伝える翡翠《ひすい》の瞳は、まるで宝玉のようだ。

そして、竜が口を開け、その口内に空色の光が迸《ほとばし》る。

――あ、死ぬかも。

「っ！」

「――ッ！」

ゼラが俺を伴い真横へ飛ぶ。

破砕音と共に不安定な足場が崩れ、二人して窪地へと転がり落ちた。

俺たちに向かって射出された魔力の杭《くい》は、俺たちのいた足場を抉《えぐ》るように貫いていた。

食らったら確実に死ぬ。予感ではない、絶対にだ。

窪地へと落ちきった俺たちはすぐさま体勢を立て直し、竜へと警戒を向ける。

『――ほう、躱《かわ》すか。まったく、面倒じゃの』

窪地にその声が響き渡る。

発声器官を有するとは思えないその竜から、明らかな理性と怒気の籠もった意志が伝わる。

俺たちは息を飲んだ。

しかし、戦いに来たのではない。話し合いだ。それを許す状況ではないのはわかっている。でも、戦闘になったらまず間違いなく無事では済まない。

『慎重』スキルが思考を澄ませていく。

落ち着け。落ち着け。

「あの！　俺たちは戦いに来たのでは――」

『黙れ。汝等《ぬしら》の戯《ざ》れ言《ごと》は聞かんぞ、冒険者共。疾《と》く、去《い》ね。――まあ、逃がすつもりなどないがの』

『竜種からの害意を確認。試練内容を開示いたします』

『目前の竜種、天司竜の沈静化。なおこの『試練』は、『逆転《リバース》』を前提に据えたものです。――よって、試練内容及び達成報酬は、『逆転《リバース》』の内容に応じて変容いたします』

『あーあー、こりゃダメだね～。めっちゃ怒ってるわ。話通じてないよ。ちょっと……ヤバいかも』

まずい……まずいぞ。

天司竜は明らかに俺たちに敵意を向けている。

シュヴァテの時とは違い、理性を保った状態でそうなのだ。説き伏せるなど愚行に過ぎるだろう。

もう既に、一触即発だ。

どうする。

『逆転《リバース》』を使うか？

だけど、失敗したら終わりだ。制限時間もある。前は二週間も寝込んだし……そもそも確実性がない。

興奮と沈静を繰り返す思考は結論を導き出せずにいる。

だが、ゼラは剣を抜いた。

「──ゼラ？」

『足掻《あが》くつもりか？　……矮小な芥《あくた》が、滑稽じゃの』

天司竜の尊大、しかして圧倒的な絶対性を持つ強者の発言をゼラは歯牙にもかけない。

ゼラは剣を地に突き刺し、天司竜を見据えながら、意識を俺に向ける。

「──十分でいい、稼げるか？」

俺に対する無茶《むちゃ》過ぎる注文。あの存在を前に十分生き残れとか、鬼かよ。あ、鬼か。吸血鬼だもん。

そもそも、十分稼いでどうなるのか。わからない。けど、俺にはこの状況を打破する方法はない。

天司竜が翼を広げ、空を打つ。相当な距離のあるこちらまで、立つのが困難なほどの風圧が及んだ。

『その愚行、後悔するがいい。汝等が我にした悪辣によって、この地は滅びを迎えよう』

怒気と魔力を纏《まと》い、竜が空を舞う。

考えている時間は、ない。

「十分で、いいんだな？」

「ああ」

「――やってみる」

歩を進める。誇張でもなんでもなく、死の淵《ふち》に向かい歩く。

失敗したら死ぬ。でも、なにもしなくても死ぬ。

『言っとくけど『強欲』は相性悪いよ。あれほぼ魔物専用だし』

わかってる。シュヴァテにも鎖は砕かれたしな。でも、俺にはまだ、あと二つあったろ。

ったく、ハード過ぎるだろう。相手がどいつもこいつも強過ぎんだよ……。

『お！　ってことは、『直感』が何か示してるんだね？　――ああ、どこまで弱いんだ、君は。それでこそ人間だね』

好きなだけ言え。最初から、俺は弱いよ。この能力がなきゃなにもできない。でも、この能力があるからやってやるんだよ。

「『逆転《リバース》』」

『暴食による『逆転《リバース》』の兆候を確認。……通過《クリア》、存在強度が規定値に達しています。通過《クリア》、必要魔力量保持を確認。承認《オールクリア》、これより『吊るされた男《ハングドマン》』の『逆転《リバース》』を開始します』

『『逆転《リバース》』を発動後、『叡知《えいち》』、『直感』、『慎重』スキルの効果が消え、この領域内での『試練』が行われなくなります。よろしいですか？』

ああ。

『くく、ははは。――これで、二つ目』

「我、己がために餌食を天地に積む。それを嵐と慈雨とが損ない、汝穿《なんじうが》ちて喰《く》らうなり。――我、あらゆる贅《ぜい》を貪食し、あらゆる才を混食し、あらゆる業を悪食する、求食者《くじきしや》である」

天を司《つかさど》る竜との命を懸けた鬼ごっこか。上等だよ。

「ゼラ、命、預けるわ。信じてる」

「――私もだ。死ぬなよ、リュート」

今、名前呼ぶのかよ。でも、気合い入った。

やってやる。

「暴食する蝗害の翅羽《ゼブルグラ》」

その名を口にすると、俺の身体《からだ》から黒い魔力が噴き出る。その魔力は意志を持つように蠢《うごめ》き、薄く伸ばされ特定の形をとる。

『暴食による『逆転《リバース》』を確認。試練及び報酬内容が変容いたします。目前の竜種、天司竜からの生存。達成報酬、存在強度の上昇及び最大魔力保持量増加』

「『海渡る死踏《グラトニーロウク》』」

それはまるで、蟲《むし》の翅だ。

耳障りな羽音を鳴らす魔力を帯びた四枚の蟲の翅。その翅の魔力が躍動し、俺の身体を宙に浮き上がらせていく。

経験したことのない浮遊感に戸惑いつつも、どうすればいいのかはやはり脳内に流れ込んでくる。

リュート・サカキ　Lv.128　逆転《リバース》
『暴食する蝗害の翅羽《ゼブルグラ》』
力　F　耐久　G　敏捷《びんしょう》　SS
魔力　A
総合身体能力評価　D-
『暴食する蝗害の翅羽《ゼブルグラ》』　中使用可能魔法
『不可侵餌食《ヤハウエ》』　怨敵からの攻撃的指向性を引き付ける魔法
『魔を喰らう三ツ首《ケルベロス》』　三つの魔力塊を撃ち出し、命中した対象の魔力を消化する魔法

『海渡る死踏《グラトニーロウク》』　飛翔《ひしょう》魔法
『害為す銀蠅の王《ベルゼビュート》』　あらゆる者を喰らう魔法
なお、これらの魔法の効果は『逆転《リバース》』解除時、一部を除き無効化されます。
『逆転《リバース》』残時間……十五分。

よし、今回も最後のやつ使っちゃダメなやつだ。具体性がないのが一番怖いわ。

あれ？　前より時間が延びてるな。

『ハングドマンの存在強度が上がってるから、それに比例してだよ〜。それより〜、なにか気付かない？』

は？　なにが？

『もー！　アナウンス聞いてたでしょ⁉　『逆転《リバース》』を使うと、通常時のスキルが使えなくなるんだよ！』

ああ、そんなこと言ってたな。

『でしょ⁉　じゃあなんで君は、自分の存在強度と身体能力が見えてるの？』

あ。そうだ。俺が自分の存在強度と身体能力を可視化できているのは、『叡知』というスキルのお陰だった。

なのに、その効果が消えているはずの今の状態で俺は自分のステータスの詳細を見ることができている。

なんでだ？

『ふっふー！　気付いた？　これがボクの能力、『じ――――』

お前のお陰かわかったありがとう。でも悪い、後にしてくれ。時間がない。

『雑っ!?』

会話を切り上げ、前方の竜へと意識を集中させる。

その巨体で軽々と空を舞う天司竜は、魔力を迸らせ破壊を行おうとしている。天司竜の周りには、先ほど俺たちの足場を抉った魔力の杭が無数に生み出されていた。

俺の役目は、後方のゼラへ攻撃をさせないことだ。

「『不可侵餌食《ヤハウェ》』」

この魔法は、平たく言えば挑発スキルだ。

四つの翅に髑髏《されこうべ》の紋様が浮かび上がる。これはあの竜が狙うべき的になる。俺を殺さない限り、奴《やつ》は俺以外を攻撃することができない。

『アルカナか、小賢《こざか》しいハエが。我を相手に、不完全なハングドマンが何を為《な》す？』

「不完全……？」

天司竜は何かを知っているのか？

だが、俺の困惑などに構うことなく竜は杭を射出する。俺の身体を目掛けて飛来するそれは、射出される度、衝撃波と大音響を生む。音速を超えた投擲《とうてき》だ。

――しかし、俺には届かない。

ホバリングの状態から移動を開始する。

俺は右に向かい全速力で飛翔した。魔力の杭《くい》は俺が一瞬前にいた場所を通り過ぎていく。

敏捷にものを言わせた力業での回避を敢行する。

「うおおッ！　速過ぎだろッ！　杭も俺も！」

『がんばれーハングドマンッ！　いけいけハングドマンッ！　当たったら死んじゃうよハングドマンッ！』

「う、るせぇっ！　――ッ！」

天司竜が翼を打つ。空を渡るその風はとてつもない圧をもって俺に襲いかかった。

ヤバい……ッ！

体勢を崩し、動きを止めた俺に向かい杭が射出され――ない。

『チッ……』

「――っ！」

体勢を立て直し、すぐさま空に向かい上昇する。

何で、攻撃をしなかったんだ……？

疑問が頭を過《よぎ》るが、上空へと踊る俺に向かい杭が射出される。

身を捩《よじ》り半身になる。高度を急激に下げる。上げる。超高速で移動する。

空間を自在に移動し、杭を間一髪で躱《かわ》し続けていく。

だが、時たま攻撃が止《や》む時がある。

なにか……あるのか？

『ちょこまかと……蠅《はえ》の王ごときが！　竜の怒りに触れるか……！　……仕方があるまい』

天司竜が業を煮やしたように、怒気を孕《はら》んだ魔力を口内に溜《た》めていく。恐らく溜めた魔力を一気に放出するつもりなのだろう。

……おかしい。

先ほど俺に攻撃しなかったことといい、今溜めている魔力といい、不自然なことが多い。

俺を殺せる場面は何度かあったはずだ。

だけどあの竜は、まるで何かを避けるように攻撃を止める。この場をあまり破壊したくないような素振りを見せることもある。

『来るよっ！　ハングドマンッ！』

謎の声の警告。その一瞬後。

天司竜の魔力が熱線となって俺に放出された。空気を焼き、陽炎《かげろう》を纏《まと》うその熱線は触れたら一発で終わりだ。離れた場所にまで波及する熱気がそれを予想させた。

だが、対処する方法は……あるッ！

「『魔を喰らう三ツ首《ケルベロス》』ッ！」

俺が前方に翳《かざ》した手から、三つの魔力の塊が熱線を防ぐように飛ぶ。その魔力は熱線を包むように展開すると、轟音《ごうおん》を響かせながら熱線を相殺する。

目を焼く光の後、熱線が消えた。俺の魔力が天司竜の魔力を消化したんだ。

そう安堵《あんど》に一息ついた、その時――。

「――ッ!?」

『……この……魔力は……！』

この場の空気を重くする、質量を伴った魔力の顕現。

その発生源は――ゼラだ。

地に突き刺した剣の柄《つか》に手を置きながら、瞑想《めいそう》するように目を閉じている。ゼラが手を置く剣から真紅の魔力が立ち昇り、宙に渦巻く。

その様子を、俺だけではなく天司竜も気に掛けている。

『……面倒な……かの夜王の遺産か』

天司竜はそう呟《つぶや》くと、一層強い魔力を己に纏わせる。そして、強い殺気を俺に向けた。

『……出し惜しみはしておれん。本気で……汝《ぬし》を殺す』

「っ！『魔を喰らう三ツ首《ケルベロス》』ッ!!」

天司竜は無数の杭を束ねた魔力を先ほどよりも高速で射出する。

俺もすかさず魔力を飛ばす。

しかし、消化しきれなかった杭が俺の一枚の翅を貫いた。硝子《がらす》が砕けるような音が響く。

あと、三枚。

「──っ！　くそッ！」

先ほどまでは加減していたのだろう。

俺は全速力で飛ぶが、少しずつ追い付かれ始めた。翅が一枚欠けたことも関係しているが、やはり天司竜が本気を出し始めたのだ。

杭が服を裂き、肌を掠《かす》める。傷口から血が零《こぼ》れるが気にしている暇はない。

痛みに耐え飛び続けるが、体勢が維持しづらくなっている。

時間を稼ごうにも、このままじゃ……！

「後ッ！　どんくらいだッ⁉」

『わかんないけど……あと半分くらいじゃない？』

「そうかよっ！　無理過ぎッ！」

余裕ありげな報告に苛立《いらだ》ちながら、羽ばたき続ける天司竜の周りを旋回する。

本気を出し始めた相手に対して、さっきまでと同じように躱し続けるのは不可能。

藁《わら》にも縋《すが》る思いで脳内の声に詰問する。

「おいなんかねえのか⁉　お前天司竜のことなんか知ってんだろ⁉　――っぶねッ！」

頬を掠める杭に血の気が引く。

止まることは許されない、思考停止は漏れなく詰み。

鬼畜過ぎんだろっての！

天司竜が最初から本気出してたら……、本気を出してたら……？

『なんかって言われても……わかるのはウルディアがとんでもなく消耗してるってことくらいだよ。そうじゃなかったら君たちは出会った瞬間に肉塊だったね。まあ、そもそもウルディアがこんなに怒ってるのも珍しいけど』

消耗……弱ってるのか。

理由はどうでもいい、俺たちにとっては好都合だしな。

手加減をしてたのは、少しでも力を温存するためってことか。

『目障りに動きおって！　これで――ッ⁉　くそっ！』

そしてまた、まただ。

旋回の途中、何度目かの攻撃の中止。

やっぱり、あの天司竜はこの窪地《くぼち》の一部のエリアを攻撃できないんだ。

なら――その一瞬を突くしかない！

「おい！　今から全力でこの窪地を一周するから、天司竜の攻撃が止む一瞬を覚えて、教えてくれ！」

『は⁉　急に何言って』

「行くぞッ！」

『ああもう、わかったよ‼』

返事を聞く前に、速度を身体《からだ》が耐えられる全力のトップスピードに乗せる。

後ろに生まれた衝撃波の轟音と魔力の杭の雨を一瞬で置き去りに宙を駆ける。

『まだ速くッ⁉』

天司竜の驚愕《きょうがく》の声もはっきりとは聞こえない。

「うおおおおッ！」

瞬く間に窪地を一周した俺は、

「覚えたか⁉」

『うん、バッチリ！　でもどうすんの？』

「合図くれたらわかる！　もう一周行くぞ！」

さらに、速く。

『腐っても蠅の王ということか……出来損ないが……！』

天司竜の悪態が鼓膜を叩《たた》いたその時。

『――今ッ‼』

合図だ。
俺は向きを急左折。行うのは天司竜への突貫だ。
『なっ⁉』
『ちょっ、君、バカ⁉』
天司竜もおまけに謎の声も驚愕を露《あら》わにする。
思った通り、俺の眼前には魔力の杭はない。
きっと今、攻撃できない箇所と俺が天司竜から見て直線上に並んでいるんだ。
だが同時に、俺に対する攻撃はほぼ当たる。
『自殺行為か……懸命だな』
「――なわけ、ねえだろッ‼」
『なにをッ――⁉』
俺は、打ち出すはずの魔力塊を身体に纏わせる。
虚を突いたこの速度での突貫を躱《かわ》す術はないだろう。
必ず、ぶち当てる‼
『寄るなハエがあああッ‼』
焦燥を露わにした天司竜が杭を打ち出すが、雨ではなく単打。
一枚、また一枚と杭が翅《はね》を貫くが、俺は止まらない。

残り一枚。

そして、俺と天司竜の距離は、ゼロだ。

「喰らえっ!!　『魔を喰らう三ツ首《ケルベロス》』ッ!!」

『――――ッ!?』

俺は、天司竜の胴体に捨て身の突撃を果たす。

その代償として、残り一枚の翅がガラスのように砕け散った。

天司竜は羽ばたくのを止め、俺と共に墜落する。

背中から墜落した俺は、立とうにも力が入らない。

「ぐあああっ！　……ぁ、くそ……」

『あーあ、終わりかな……これは。ウルディアが弱ってるとはいえ、まだ無理だったか……』

地に打ち付けられ、痛みに喘《あえ》ぐ俺の脳内で謎の声が諦観を口にする。

しかしそんな俺とは対照的に、天司竜は再び翼を広げ、緩慢に動きを再開した。

『はあ……はぁ……ふ、ふん、汝等《ら》があやつにした所業が返ってきたな』

「……なんの……話だよっ……！」

『まだシラを切るか……もうよい』

天司竜が俺に近づく。巨体が滑るように移動し、死が迫ってくる。

だが、その行動に痛みと死が渦巻く俺の脳内で、やはり一つの疑問が生まれた。

なんで、杭《くい》で仕留めないんだ……？

さっきまでもそうだったけど、俺の後ろに何かあるのか……？

俺はなけなしの力で後ろを振り返る。

そこには、窪地の壁面に開いた穴。

あれは……洞穴……？

窪地と頂上の間にできた断層に小さな穴が開いていた。そしてそこに、蠢《うごめ》く白いなにかを見る。

あれを攻撃しないように、してたのか？

『悠長な奴《やつ》じゃ……もう諦めたのか？』

洞穴に気を取られていた俺に、影が差す。竜の影が。

竜は杭を出現させた。確実に息の根を止めるつもりなんだろう。

こんな至近距離でやらなくてもいいのにな……。

身体が、脳が、死を受け入れ始める。

『死に行くがいい、欲に溺れた者よ』

天司竜からの死刑宣告。

だが、恐怖はなかった。

身体が動かず、脳が死を直感し、目の前には抗《あらが》えない脅威。

だけど、信じていたから。


突如、天司竜の魔力の杭が音を立て砕けた。

『……なっ⁉』

竜が驚愕の声を上げる。だけど、俺は驚かない。

俺と天司竜との間に立ち塞がるその背中を見る。

「――すまない、待たせた」

「いや、ピッタリだよ。あと、頼んだ」

「任せろ。貴様に誓って。そして、この血に懸けて。この夜は――私のものだ」

赤い魔力を纏《まと》ったゼラは、剣を自身の顔の前に翳した。

天司竜が動きを止め、後退する。

怯《おび》えているのか……？

『……汝は……まさか……直系か⁉』

「問答は無用なのだろう？　よくも友を撃ち落としてくれたものだ――竜ごときが」

友って……なんか嬉《うれ》しいような、恥ずかしいような。いや、やっぱ嬉しいわ。

場違いな感情を抱きながら、ゼラを見る。多分、吸血鬼《ヴァンパイア》の力なんだろうな。

「……ゼラ、大丈夫なのか？」

きっと、野暮《やぼ》な質問なのだろう。でもゼラは自分の血を嫌っていた。

そして今。その血の力を使いここに立っている。

しかし、そんな俺の質問にゼラは笑った。

「貴様は、私を見てくれているのだろう？　ならばこれは、吸血鬼《ヴァンパイア》の力ではなく、私の力だ」

ゼラの魔力が蠢き、象《かたど》っていく。

それは紅《あか》い六本の剣だ。そして魔力の剣が、羽のようにゼラの背中に付随する。

まるで、天使や悪魔の羽のようで。

「あぁ、綺麗《きれい》だな……」

「ば、ばかもの……」

照れているのか、喜んでいるのかわからない声音でゼラが呟く。

「何千年も前に悪逆無道を働いた真祖。その血が私に流れている。竜ですら止めることができなかった――世界最強の血が」

もう、大丈夫そうだな。

「ならば私は、それを守るために使おう。今だけ、私の血の剣は――リュート、貴様のために。見ていてくれ」

ゼラが、真紅の魔力を放出した。

■

私が吸血衝動を覚えたのは約十年前。それから、魔物の血を吸い続けた。

吸血鬼《ヴァンパイア》は吸った血を魔力に変える。しかし私はその魔力を嫌い、義父上《ちちうえ》から授かったこの銘もなき魔剣に閉じ込め続けた。

でも――、

「……ゼラ、大丈夫なのか？」

心配なんかするな……ばかもの。

私の弱さを肯定してくれるその言葉に相好が崩れそうになる。

「あぁ、綺麗だな……」

本当に……ほんとに……ばかもの。

私のすべてを受け入れるその言葉に、もうどうしようもないほど絆《ほだ》されていく。

命を懸けてくれたこいつを守りたい。

だから、この力を使う。私が忌み嫌った過去を、解放する。

私を閉じ込め続けたこの魔剣の銘は――

「血死夜行《ヴァンパイア・ロード》」

■

ゼラが疾走し、宙に躍った。一歩でゼラと天司竜との間にあった距離がなくなる。

眼で追うのが精一杯だ。でも、眼に焼き付ける。

『ぐっ！　…………あああああっ！』

天司竜が叫びながら魔力の杭を射出し続ける。その杭は、『不可侵餌食《ヤハウェ》』の効果でまだ生きている俺に飛んでくる。

しかしゼラの背中の紅い魔力剣が自動機構の如く杭を迎撃する。

ゼラが剣を振るう度に六本の魔力剣が追随する。刹那の七連撃。天司竜の堅牢《けんろう》な鱗《うろこ》や硬骨に傷をつけていく。

『くそっ！　……太古の遺物があぁぁぁ！』

「空飛ぶトカゲが……言うじゃないか」

天司竜が飛び退《との》き、魔力を空に打ち出す。

それはまるで流星群だ。

俺にしか攻撃できないのならば、俺への攻撃に巻き込んでしまえばいいということだろう超範囲攻撃。

だがやはり、弾幕の薄い箇所がある。あの洞穴があった場所だ。

「ゼラ、任せろ」

「うむ、頼んだ」

一言ですべてが伝わる。

なけなしの魔力を編む。今できる俺の全力で。

「『魔を喰らう三ツ首《ケルベロス》』ッ！」

先ほどのものとは比べ物にならない大きさの三つの魔力塊《まりょくかい》が上空を喰らう。まるで口を開け、獲物を喰いちぎる地獄の番犬。魔力塊はその口腔《こうくう》内に流星群すべてを飲み込むと魔力を消化していく。

『……ぐっ！　死にかけの蠅《はえ》風情がああぁぁぁっ！』

「聞き捨てならんな……殺すつもりなどなかったが……今ここで屠《ほふ》ってやろうか」

ゼラが飛翔《ひしょう》する。

天司竜はそれに反応し距離を取ろうとするが、ゼラが一瞬速い。

ゼラが放った六本の魔力剣が天司竜の翼膜に突き刺さり光を放つ。

「吸魔《ノスフル》」

天司竜の翼から魔力が抜け落ちる。

膨大な魔力を吸ったゼラの魔力剣が砕けた。

『くそっ！　くそっ！　……我はっ！　我はあああぁぁッ!!』

叫びながら、竜が地に落ちる。壮絶な音と震動を呼びながら、神話の竜が墜落した。

『──天司竜からの生存を確認。おめでとうございます。試練達成につき、存在強度の上昇及び最大魔力保持量増加を実行いたします』

天司竜の剛健な首にゼラが剣を添える。

俺の『逆転《リバース》』状態が解かれる。しかし、前ほどの疲労感はない。存在強度の問題だろうか？

俺はふらつきながら歩き、ゼラのもとへ向かう。

「──終わりだ。結界を解けば、まだ勝機はあったろうに」

「あ、そっか」

この夜が続く結界を造り出しているのが天司竜なのだとしたら、この結界を解き、日の出ている状態での戦闘の方が分が良いはずだ。

ゼラの力を半減しつつ、自分の魔力も温存できる。

しかし、天司竜はそれをしなかった。なぜだ？

『我はっ……！　我はっ……負けるわけにはいかんのじゃぁ……負ける、わけにはあああぁぁ……！』

天司竜が身を起こそうとするが力が入らないようで、何度も地に身体《からだ》を打ち付ける。なんでこんなに必死になってるんだ？

死が近づいているから、などではないだろう。この竜にはなにかがある。そんな予感が脳にこびりついて離れない。

俺は地に伏す天司竜に向かい声をかける。

「……あの、少し話を……」

『……汝等《ぬしら》と交わす言など持ち合わせておらぬ！　この……欲深き冒険者どもがぁ……』

「……どうする、リュート」

「うーん、まず話を聞いてもらわないと、なんとも……」

この天司竜の様子を見るに説得は聞いてくれなそうだ。でも、これ以上傷付けると余計に拗《こじ》れてしまいそうだな……。

どうしたものかな……。

と、俺がほとほと困り果てていると、天司竜の翡翠《ひすい》の瞳が大きく見開かれた。俺たちの後ろを見ながら震えている。

『……や、やめろ……！　……こっちへ来るなっ！』

「……なんだ……？」

「……いや……？」

俺たちの後ろへと、天司竜が大きな声で叫ぶ。

俺とゼラが怪訝《けげん》に思っていると、俺たちの横をとんでもない速度で通り過ぎる影があった。

そしてその影は、俺たちと天司竜の間に入り込むと——、

「キュッッッ！　キュキュキュ……キュキュウゥゥ！」

跳び跳ねながら、俺たちを威嚇するように鳴き始めた。そして、俺たちにぶつかってくる。

それは白いウサギだ。眉間から一本の角を生やした小さなウサギ。

とても小さな身体で懸命に跳び跳ねながら、俺たちを邪魔するように体当たりをしてくる。

まるで、この天司竜を守るかのように。

『やっ、やめるのじゃ！　逃げるのじゃ！　捕まってしまうぞ！　……ぬ、汝等！　こやつになにかしようものならタダでは済まさんぞ！　本当じゃぞ！』

「キュッ！　キュキュ、キュッキュ！」

『馬鹿者っ！　すぐに逃げるのじゃ！　我のことはもうよいっ！』

「キュウウゥ！」

『なっ……！　アホとはなんじゃアホとは！　我は汝のために！』

「キュッキュ！」

『こんの、馬鹿者がぁ……！』

なんか、会話してるな。親しげに。

「ゼラ、剣離してやったら？」

「そう、だな。なにやら訳ありのようだ」

ゼラが剣を離すと、天司竜はなにかを乞うように頭《こうべ》を垂れた。

『……ぬ、汝等、我のことはどうしても良い。じゃが、こやつだけは何卒《なにとぞ》、何卒見逃してやってくれぇ……たのむのじゃぁ』

「キュキユゥウッ！」

ほぼ涙声で懇願してくる天司竜。

しかし、ウサギは威嚇を続け、俺に向かって体当たりをしてくる。

俺は、その小さなウサギを受け止めた。

「キュキユッ!?」

『やっ、やめるのじゃああ！』

捕まったと思い震えるウサギと、すごい剣幕の天司竜。

俺は苦笑いしながらウサギを優しく撫《な》でる。

「…………キュゥ？」

『…………はぇ？』

ウサギと竜が揃《そろ》って首を傾《かし》げる。

これなら、何とか誤解は解けそうかな？

「ゼラ、このウサギって……」

「……恐らく、幻獣アルミラージだろうな。歴史書で見たことがあるだろう？」

「やっぱり、そうか」

天司竜はこの子を守ろうとしていたんだ。

俺が見つけた洞穴に隠れていたんだろう。だから、あの洞穴の方向には攻撃できなかったんだ。

「とりあえず、話を聞いてもらっても良いですかね？」


――数分後。


『すまんかったのじゃあああああっ！』

「キュキュキュウウウウウ！」

頭を下げ謝罪する天司竜と、その頭の上で同じように頭を下げるアルミラージの姿があった。

さて、こっちも話を聞かないとな。

俺とゼラは顔を見合わせ、微笑を溢《こぼ》した。


幻獣アルミラージ。

魔力を多分に含むその獣の肉は、一欠片《かけら》程度の摂取で食べた者の成長限界を突破させるもの。

その効果を知られてから、様々な種族に狙われている力なき獣。

驚異的な速度や、月の光を浴びるとたちまち傷を癒やすという特性からほぼ討伐不可能であり、討伐できた者は莫大《ばくだい》な利益を得ることができるそうだ。

天司竜と行動を共にしていたアルミラージもその例に漏れず、冒険者たちに狙われ傷を負ってしまったらしい。

『と、いうわけでじゃな。我は負傷したこやつを癒やすために、月光の結界を張ったわけじゃ』

「なるほど。必要だったのは夜ではなく月の光でしたか」

『うむ。夜の方が月光が強いのでな、そうしたまでじゃ』

「キュゥキュ！」

現在、俺たちは天司竜の背に乗り、地上から見えない雲の上を飛びながら魔王城への帰還中だ。天司竜の魔力により超高度でも快適である。

事情を話し、結界を解いてもらうと、あの山にも日の輝きが戻った。村人たちには原因を追い払ったという大雑把《おおざつぱ》な説明で納得してもらった。詳しく話すのは難しいしな。

そして、問題はここから。

「それにしても、冒険者ですか……まだ追ってくるのでしょうか……？」

『うーむ、奴等《やつ》はキュキュを攻撃した際にマーキングの様なものを施していったようでな、すぐに場所が割れてしまうんじゃ。かなり高位の冒険者じゃろうな』

「なるほど、それでここまで場所を転々として来たんですね」

「キュゥ……」

キュキュというのがこのアルミラージの名前らしい。安直だがとてもかわいい。長年行動を共にしてきた、所謂《いわゆる》相棒のような存在なのだそうだ。

俺が膝上のキュキュを撫でると、気持ち良さそうに眼《め》を細める。シュヴァテに似てるな。

「天司竜……えーと、ギヴルディアヴルムさんが追い払うわけにはいかないんですか？」

『長ったらしいのう……ウルディアでよいぞ。三竜の中ではそう呼ばれておる。……我が出ると、恐らく国が動く……そうなればキュキュへの危険も倍増するというわけじゃ。できれば避けたい。今打てる手は、逃げの一手じゃな』

今までは見つからずに済んでいたのが、俺たちに見つかり迎撃してきたってことらしい。現状俺たちにできることはないが、話を聞いたからには何とかしてあげたい……。

マーキングを解く方法とか、アルト様なら知ってるかな……。

……ん？　あれ、ってか今……。

「あの……ウルディアさん。ウルディアって名前って有名ですか？」

『いや、昔の愛称でな。そう呼ぶのは、今や三竜の他の二柱とキュキュぐらいのものじゃや』

やっぱり、いや……まさか……まさかな。

「あの……三竜の中に、一人称がボクで、なんとな〜くムカつく奴っていません？」

『うむ、おるぞ。人君竜じゃな、それ』

おい。まじか。

今は謎の声は聞こえなくなってしまった。次に試練が発動したらまた顔を出すだろうけど……。

あれ、人君竜じゃね？

仮説に過ぎないがどうにもそんな気がしてならない。

『そういえば、汝はアルカナ持ちじゃったな。人君竜はアルカナに対して干渉できる力を持っておる。詳しくは知らんが、奴もアルカナ持ちじゃ。奴を知ってる口ぶりからすると、接触を受けたのじゃな？』

やっぱり人君竜でした。

「え、ええ……まあ」

『やはりか。気に入られとるな汝は。奴は興味のないものには酷《ひど》く冷淡だからの。ムカつくと感じるのならば、奴は会話を楽しんでおるということじゃ』

「うわっ……まじですか……」

『そう嫌そうな声を出すでない。まあ、確かに騒々しくはあるがな』

正直、いい迷惑である。脳内でやたらとうるさいくせに肝心なことは何も話そうとしない。お陰であいつと話すと困惑するばかりだ。

アルカナのことなどを聞きたいのに、はぐらかされているしな。

「そういえば、ウルディアさんはアルカナについて知ってますよね？　俺のことも不完全だって言ってましたし」

『うむ。伊達《だて》に長くは生きておらんぞ。まあ、人と話す機会などそうない。人に教えたことなどもないがの』

「それって、教えていただくことはできませんか……？」

『良いぞ。隠すようなことでもない』

おお！　これは僥倖《ぎょうこう》だ！

脅威ひしめくこの世界において、情報はなによりの武器である。聞けることは聞いておこう。

『んー……なにから話したものかのう……汝《ぬし》……えーと……』

「リュートです」

『おお、すまんの……リュー坊《ぼう》が知っておる情報はどの程度じゃ？』

「……リュー坊……あ、アルカナの名前と人数と、どれもが強力だということくらいです」

それもすべてアルト様の受け売りだ。

名前は魔王城の書庫にある本で調べさせてもらった。

『愚者《フール》』『魔術師《ザ・マジシャン》』、『女教皇《ザ・ハイプリーステス》』、『女帝《ジ・エンプレス》』、『皇帝《ジ・エンペラー》』、『教皇《ザ・ハイエロファント》』、『恋人《ザ・ラヴァーズ》』、『戦車《ザ・チャリオット》』、『正義《ジャスティス》』、『隠者《ハーミット》』、『運命の輪《ホイール・オブ・フォーチュン》』、『力《ストレングス》』、『吊るされた男《ハングドマン》』、『死神《デス》』、『節制《テンペランス》』、『悪魔《ザ・デビル》』、『塔《ザ・タワー》』、『星《ザ・スター》』、『月《ザ・ムーン》』、『太陽《ザ・サン》』、『審判《ジャッジメント》』。

合わせて、二十一のアルカナである。

『うむ、まあそんなもんじゃろうな。さて、それではまずパターンからじゃな』

「パターン？」

『アルカナの出現には二パターンあるのじゃ。〝天与《てんよ》〟と〝継承《けいしょう》〟じゃの……まあ、多少の例外はある』

「天与と……継承……」

『天与は、いつ、どこで、誰に与えられるかわからないアルカナのことじゃ。名前の頭にザ、とかジ、とか付かないやつじゃ』

「なるほど……」

ということは、俺の『吊るされた男《ハングドマン》』は天与だということになる。

『次に継承じゃ。これは、前のアルカナ持ちが死亡してから、二十年の間に特定の条件を満たす者が現れた時に継承されるアルカナじゃ。ザ、とかジ、のやつじゃな』

継承は、決まった存在に与えられるアルカナってことか。

『これは我の体感じゃが……継承より天与のアルカナの方が複雑で強力じゃ。何度かまみえたことはあるが……正直もう闘いたくはないの』

天司竜にここまで言わせるアルカナか……できれば俺も会いたくない……。

「で、ウルディアさん。例外って……」

『うむ。継承のアルカナに、二十年間条件を満たす者が現れなかった時。それは天与のアルカナに変わるのじゃ。『愚者《フール》』と『隠者《ハーミット》』と『吊るされた男《ハングドマン》』がそうじゃな。この三つは元は継承のアルカナだったのじゃ』

「へえ、そんなことも……」

継承されることがなかったアルカナ。何があったんだろう。余程難しい条件だったんだろうか？

「継承の条件ってどんなのなんですか？」

『それは分からないものの方が多いんじゃ。分かっているのだと、『教皇《ザ・ハイエロファント》』と『女教皇《ザ・ハイプリーステス》』はバベルを信仰する宗教の司祭に現れるらしい、とかじゃの』

「まだ、謎が多いんですね」

『そうじゃのう……あっ！　そうじゃ！　あとは『魔術師《ザ・マジシャン》』を知っておるぞ。昔会ったことがある勇者なのじゃが――『魔術創造《クリエイト》』という能力を持つ者が、一定の存在強度を超えると出現するらしい。その勇者はもう死んでおるから、どこかで新しいアルカナが生まれておるかもしれんの』

へえ、特定の能力を持つ人がなる、ということなのだろうか。

それにしても、ウルディアさんが俺のことを不完全だと言ったのが少し気になるな。

「あの……俺のアルカナが不完全だというのは？」

『それな。我は前のハングドマンに会ったことがあるのじゃが……あれは理不尽の塊みたいな奴じゃった……』

それに比べて不完全だということか。
なら、まだ強くなれるのか。ルルノア様を必ず守れるくらい、強く。
願ってもない朗報だ。
『さて、我が知っておるのはこの程度じゃの』
「ありがとうございます！　助かりました」
『気にするな！　キュキュを匿《かくま》ってくれる礼じゃ！』
いい人……いや、竜だな。
ウルディアさんの背中から世界を見渡す。
雲に遮られ、途切れ途切れではあるが、広大で雄大な世界が見える。
大陸に聳《そび》える巨塔。
大地を覆う大森林。
さびれた廃都。
うねる大海。
知らないことだらけだ。
でも、この世界で大切なものを守っていくんだ。
そして——

「ふーッ……ふーッ……あっ」

「ゼラ、なにしてんの」

ウルディアさんの背に乗った時から、ずっと俺の背中に張り付き首筋に顔を埋《うず》めている
ゼラに声をかけた。

息荒過ぎだろ。

「す、すまない……きゅ、吸血衝動が……魔力を使い過ぎたようだ……っ」

「あーなるほど…………吸う……？」

「っ!?　…………いいのかっ!?」

「別にいいよ……言ったろ、怖くないって」

不安そうなゼラを安心させるように努めて優しい声音でそう促した。なんかすごい辛《つら》そ
うだし。

「……すっ、すまないっ……リュート……りゅーとぉ……やっ、やさしくする！　……い
たくしないっ！　……さきっちょだけだからっ」

おい、一気に信用できなくなったって！

そう思うがもう遅かった。

「はむっ……ん……んぅ」

首筋に鋭い痛みが走ったかと思った次の瞬間、身体《からだ》から血が吸われるという未知の感覚

に襲われる。

首に熱が溜《た》まり、それが放出されていく。

あれっ？　ちょっと吸い過ぎじゃ……！

「んくぅ……んっ……んあっ……はむ」

あっ、ちょっと視界暗くなってきた……。

『――必要条件の満足を確認。『月《ザ・ムーン》』の継承が行われます。必要条件、吸血鬼《ヴァンパイア》のアルカナ所持者に対する吸血行為。吸血対象、『吊るされた男《ハングドマン》』――『月《ザ・ムーン》』継承対象、ゼラ・ヴラダリア』

あっ、継承ってこんな感じなんだ。

明瞭としない意識の中で、そんなことを思考した。

――は？

疑問と混迷に包まれ、俺の意識は闇へと落ちていった。

■

また、こうなった。

俺は一ヶ月前と同じく、自室の天井を見ながら目を覚ました。

失血で気を失ったのか。

　ゼラ、人から血を吸ったの多分初めてだったなあれは。加減がわからなかったのかなんなのか。

　回復魔法がかけられたのか、不調を感じない身体を起こす。

「お目覚めになりましたか」

「うおおっ!?　フィーナさんっ!?」

　至近距離で声をかけてきたフィーナさんは俺から距離を取ると、恭しく一礼した。

　心臓に悪い。というかフィーナさん気配なさ過ぎだろ……。

「事情はゼラ様からお聞きいたしました。調査の方、お疲れ様でございました」

「い、いえ。……ゼラは？」

「……ゼラ……ですか。……ゼラ様ならば、茶会部屋でルルノア様からのお説教中にございます」

「あー、はは。なるほど」

　ぷくっと頬を膨らませたルルノア様と申し訳なさそうなゼラが眼《め》に浮かぶ。

　帰ってきたなあ、魔王城。

　すっかり安心できる場所になった魔王城に想《おも》いを馳《は》せていると、フィーナさんが扉を手で示した。

「リュート様、お見せしたいものが」

「え、あ、はい……？」

「どうぞ」

フィーナさんがそう声をかけると、部屋の扉が開く。

そこには、

「……おかえり、あるじ。どう？　かっこいい？　……あるじと、おそろい」

黒いコートと鴉《からす》の仮面をつけた、恐らくシュヴァテであろう人物が顔を出した。フードが耳の形に浮き上がっている。

あれは、『強欲なる黒死の仮面《マヴァリティア》』状態の俺の真似《まね》だろうか。

……なんで？

困惑する俺にシュヴァテが近づいてくる。

「シュヴァテ様に頼まれて、服を仕立てました。シュヴァテ様からのおねだりなどそうないことですので、気合いを入れました」

「仮面もフィーが作ってくれた」

「シュヴァテ様から事細かく装飾の様子を伺い、できるだけ寄せてみました」

あ、やばい。俺だけ置いていかれてる……。二人ともすごい満足そうにしてるし……。

「えーと、シュヴァテ、これは……」

「ん、あるじの強い時のやつ。……これがあれば、あるじについていける……どこでも

「……」

　……ああ、そういうことか。

　シュヴァテは自分の正体がバレると迷惑が掛かると思っている。自分が死塚《しづか》の大狼《たいろう》だと。

　でもこれがあれば、魔王国内だけでなく色々なところに正体を隠したまま行ける、と考えたんだろう。魔王国外には、シュヴァテを知る者が多くいるかもしれないしな。

　今回の調査も、本当はついてきたかったんだろうな。

　俺はベッドから下りて、シュヴァテに目線を合わせる。

「……かっこいいぞ、シュヴァテ。似合ってる」

「……ほんと？」

「ああ。でも、顔が隠れてるのは勿体《もったい》ないな……シュヴァテの顔、かわいいからな」

「っ……じゃ、外す……」

　シュヴァテが仮面を外した。すごく嬉《うれ》しそうな顔をしている。

「あっ、でも仮面もかっこいいな……」

「っ？　……じゃ、着ける……」

「ああ、でも……」

「あ、あるじ、いじわる……」

　シュヴァテはそう言いながら俺に抱き付いてくる。寂しかったのかな。

たった一週間くらいだったけど、それでもシュヴァテにとっては少し不安だったんだろう。

俺はシュヴァテを抱き返し、頭を撫《な》でる。

「ただいま、シュヴァテ」

「ん、おかえり、あるじ」

他人から見れば傷の舐《な》め合いのような俺とシュヴァテの関係だけど、俺たちが生きていくにはもうなくてはならないものだ。兄妹《きょうだい》のような……そんな繋《つな》がりのようなものを感じる。

その様子を見ていたフィーナさんが咳払《せきばら》いをすると、またもや扉に手を向ける。

「お二人とも、ルルノア様がお待ちですのでその辺りで」

「す、すいません………あ、アルト様って今いらっしゃいますか？」

「アルト様はエルメル公爵と共に国外に出張中でございます」

エルメル公爵、ネルさんのお父さんか。

間が悪いな……キュキュのマーキングのこと聞こうと思ったんだけど……。

「今回のことでしたら、ルルノア様が受け持つ案件でございますので、これからルルノア様にお話しされるのが良いかと」

「そう……ですか、わかりました」

「それでは、ルルノア様のもとへお連れいたします」

そうしてフィーナさんの言葉に頷《うなず》き、シュヴァテと共に部屋を出ようとしたその時。

先んじて、部屋の扉が勢いよく開け放たれた。

そこに立っていたのは。

「ルルノア様……？」

「リュートッ！　よかった……目が覚めたのね！」

心配そうな表情で部屋に入ってきたルルノア様は、俺の顔を見るなりパッと表情を明るくして駆け寄ってくる。

俺に目の前に立ったルルノア様は、真剣な眼差《まなざ》しで俺の身体を凝視すると、ぐるぐると俺の周囲を回る。そして体に異常がないことを確認したのか、「うん！」と嬉しそうに頷いた。

俺の無事を案じてくれていたのだろう。

「ルルノア様、リュート様に目立った異常はございません。ルルノア様もお聞きになったと思いますが、ゼラ様の過失によるものでございますのでご心配なく」

「わかってるわ！　それでも心配なの！　ゼラにもきつく叱りを入れておいたわ！　まあ、本人もかなり反省しているみたいだったから深く追及はしなかったけど……」

興奮で赤らんだ頬を膨らませながらわたわたと忙《せわ》しなく両手を動かすルルノア様。それだけ心配をかけてしまった自分が少し情けなくなる。

　そんな申し訳ない感情を抱きつつルルノア様を見ると、先ほどまでの憤りも鳴りを潜め、眉を下げた表情で俺を見ていた。

　それは少し寂しそうで、なぜか恥ずかしそうな顔にも見えた。

　ルルノア様は俺から視線を外すと、フィーナさんをちらりと一瞥《いちべつ》した。

　すると、

「……かしこまりました。シュヴァテ様、私共は先に茶会部屋へと参りましょう」

「……？　あるじとルーは？」

「お二人は少しお話がおありなようですので」

「ん、わかった。先、行ってるね？」

　そう言い残し、シュヴァテとフィーナさんは部屋を出ていった。

　部屋に沈黙が漂う。いつもは静音とはほど遠い快活なルルノア様が黙して俯《うつむ》いている。

「あの……ルルノア様、どうされましたか？」

　俺の言葉に肩を跳ねさせたルルノア様は、おずおずと顔を上げ引き結んでいた口を開いた。

「…………その……リュート？」

「はい、なんでしょうか？」

ロングスカートをぎゅっと握ったルルノア様はなにかを言いにくそうに、潤ませた瞳を俺に向ける。

しかしぶんぶんと首を振ると、一度目を瞑《つぶ》り、意を決したように俺に向き直った。そしておずおずと両腕を広げながら、

「ん！」

と鳴き声のようなものを発した。

えっと……どうしろと……？

両腕を広げたルルノア様は力んでいるのか、ぷるぷると震えながらも俺からその双眸《そうぼう》を離そうとしない。

これは……俺がなんらかのアクションを起こさないといけないやつか。難易度の高過ぎる要望だ。ルルノア様は両腕を広げている……だから何だ？

しかし沈黙に耐えかねた俺は、適当にルルノア様と同じポーズを取ってみる。

「んー！」

威嚇されてしまった。違ったみたいだ。

「えーと、俺はどうすれば？」

いくら考えてもわからない答えに、俺は白旗を揚げる。

俺の言葉を聞いたルルノア様は、「もうっ！」声を上げると地団太を踏んだ。

「リュートッ！」

「はっ、はい」

「一週間、私と会ってなかったのよ！」

「はい……そうですね」

「寂しかったでしょ？」

「えっと……」

「寂しかったでしょ!?」

「は、はい！　もちろんです」

有無を言わせないルルノア様の口調に気圧《けお》され返事をすると、ルルノア様は嬉しそうに笑う。そして、

「なら、ん！　抱擁を許すわ！　来なさい！」

染めた頬を口角で引き上げながらそんなことを言う。

しかし一介の使用人である俺には、お嬢様への抱擁など不敬どころの騒ぎではない。

「いえ、ルルノア様……それは――」

「命令よっ！」

「……仰せのままに」

主人の命令は絶対、使用人の辛《つら》いところである。まあ、相手が絶世の美少女なので役得

ではあるのだが。

「し、失礼します」

ルルノア様へと一声かけると、その小さく華奢《きゃしゃ》な体に腕を回す。

いつもは気丈で、強くあろうとするルルノア様の身体《からだ》は折れてしまいそうなほどに細く、守って差し上げなくては、なんて庇護《ひご》欲のようなものまで湧き上がってくる。

そんな俺の胸中などつゆ知らず、ルルノア様は俺の胸に顔を埋《うず》め、囁《ささや》くように言葉を紡ぐ。

「……リュート、私が……大切？」

「ええ、もちろんです」

「んふふ……私のこと、好き？」

「……敬愛しています」

「む…………ま、今はそれでいいわ。ふふっ」

不満げに呟《つぶや》いたルルノア様。しかし、上機嫌に笑うとゆっくりと惜しむように身体を離した。

そしてくるっと俺に背を向けると、

「は、はいっ！　ご褒美終わりっ！　先に行ってるわ、リュートも早く来なさいっ！」

捲《まく》し立てるようにそう言ったルルノア様は、一度も顔を見せることなく部屋を出ていった。

当の俺はといえば……、

「はぁ……マジで、心臓に悪い……」

お嬢様のあまりのかわいさにしばらく蹲《うずくま》ることしかできなかった。

■

魔王城、茶会部屋。

長机の上座に座るルルノア様が立ち上がり、手を前に伸ばす。

「これよりっ！　第三十二回、ルルノア様御前会議を始めるわっ‼」

「きゃー、ルルちゃんかっこいいわ〜」

「流石《さすが》ルル様です！　魔王国閣議にも劣らない威厳に満ちた宣言にございます！」

フィーナさん、無言の拍手。

「ふふんっ、そうでしょう！　そうでしょう！　もっと褒めなさいっ！　讃《たた》えなさいっ！」

「な、なんなのじゃ……こやつら」

「キュッキュ！　キュッキュ！」

いつもこんな感じである。

この魔王城内では、ことルルノア様に関することになるとこんな感じなのだ。バカ甘いのだ。

だが、まあ、かわいいから良いのだ。

「それより……ウルディアさん……ですよね……？」

「うむ、そうじゃよ。どうじゃリュー坊？　かわいかろ？　かわいかろ？」

ニヤニヤとしたり顔で俺に聞いてくるウルディアさんは人の形をとっていた。

簡単にいえば、銀髪褐色美幼女である。

頭の上のキュキュは楽しそうに跳び跳ねている。

「ええ、まあ、かわいいですけど……」

「う、うむっ、そ、そうじゃろうっ？」

「キュキュキュキュッ」

なんであんたが動揺してんだよ！　免疫なしか！　キュキュめちゃめちゃ笑ってるし。

「そこ！　無駄話しないっ！　あとリュートはこっち来なさい！　私の横！」

「あ、はいっ、仰せのままに……」

俺は膝上のシュヴァテを席に残し、ルルノア様の右隣に控える。

「さて、それじゃあまず、リュート、ゼラ。今回の調査、実に大儀だったわ！　くるしゅうないわっ！」

「ありがとうございますルル様！」

「ありがとうございます」

くるしゅうない、って言ってみたかったんだろうなあ……。

ルルノア様、ウキウキである。

「それで、ゼラ、仲良くなれたのかしら？」

「えっ⁉　あ、いや……まあ、そう、ですね……仲……良い、よな？」

「うん、ゼラが『友』って言ってくれました」

「うそっ⁉　……っていうか、ゼラって……そこまで……」

「あらあら～、予想以上の進展ね～。うふふ、ルルちゃん、大丈夫～？」

「だっ、だだ、大丈夫よっ⁉」

ルルノア様がなにやら狼狽《ろうばい》している。

普通に話せる程度になれば御の字だったもんな、調査開始の時は。

ルルノア様は「こ、こほん！」と、わざとらしく咳払《せきばら》いをすると話を戻そうとする。

「ゼラ、その話は後日たっぷり、たーーっぷり聞かせてもらうわ！」

「……は、はいっ」

「………………私のよっ？」

「……………い、いえっ……」

やばい。ルルノア様とゼラが穏やかじゃない……。

「お、お嬢様。会議の方を」

「ええ、そうね！　ウルディアとゼラから大体の話は聞いたわっ！　今回の議題は——冒険者たちを諦めさせる方法よっ！　ネル！」

「は〜い。キュキュちゃんに付いてる魔法は、位置伝達の効果があるわね〜。付加魔法、それもかなり高度。解術には必要素材が多過ぎるわね〜……。現実的なのは、術者に術を解かせることね〜」

「と、いうわけなの！　そこで意見を募るわ！」

ルルノア様がそう言いきると、ゼラが綺麗《きれい》な姿勢で挙手をした。

「ルルノア様、私に妙案が」

「ゼラ！　言ってみなさい！」

「殺してしまいましょう」

「却下よっ！　大体ゼラ、人殺せないでしょ！」

「うぐっ」

うぐっ、じゃねえわ、当たり前だバカ。

ルルノア様は呆《あき》れた表情を浮かべながら、今一度方向性を示す。

「今回、必須なのは無血解決よ！　遺恨なんか残したらまた厄介なことになるわ！」

「そうじゃのう……我が出るわけにもいかんしのう」

「シューが食べちゃう？　……血、残らないよ？」

「うふふ～、ブラックジョークね～、面白いわ～」

「ネルさん！　面白くないです！　シュヴァテも変なこと言わない！」

「ん、怒られた……んへへ」

俺が叱ったというのに嬉《うれ》しそうなシュヴァテ。

本当にわかってんのかな……。

そんなやり取りをよそにネルさんがぽわぽわとした様子で手を挙げた。

「はい！　ネル！」

「んー、要は怖がらせれば良いのよね～？　それなら――不能呪を使いましょう～。男性限定だけど、効果は絶大よ～」

あ、やっばい。なんか嫌な予感する。

ルルノア様が不思議な顔でネルさんに問う。

「不能呪？　何を不能にするの？」

「それはもちろん！　おち――――」

「バカじゃねえの!?」

俺は取り繕うのも忘れネルさんに叫び、ルルノア様の耳を後ろから塞ぐ。

「あら～、バカだなんて、執事くん酷《ひど》いわ～」

「す、すみません……でも、それはなしの方向で……実行するのも、なんなら口に出すのも」

「しょうがないわね～」

「リュートッ！　何も聞こえないわっ！」

「し、失礼しましたお嬢様」

ルルノア様の髪を直しながらため息を吐《つ》く。

ネルさん、ニコニコしながらえげつないこと言いやがるな。遺恨どころか大事な何かまで残らないよ……。

そんな俺たちの様子を見て、首を振るルルノア様。どこか自慢げな顔で手を挙げると、いつものかわいいドヤ顔を披露する。

「――ダメね、ダメダメだわ、あんたたち。私にっ！　策があるわっ！」

「おお！　流石です！　ルル様！　私たちの愚考にも耳を傾けつつ、ご一考まで賜るなんて！」

「ルルちゃん賢いわ～。未来の魔王様～」

フィーナさん、無言の拍手。

「ふふん！　褒めなさいっ！　讃えなさいっ！　もっと甘やかしなさいっ！」

「おい、リュー坊。なんじゃこの茶番」

「まあまあ、かわいいじゃないですか」

「……汝《ぬし》も大概じゃの……」

「キュッキュ！　キュッキュ！」

「あるじ、シュー、お腹空《なかす》いたかも」

　自由過ぎるみんなの反応を気にすることなく、ルルノア様があるものを取り出す。

　それは黒い装丁の分厚い本だ。かなり年代物のようで、素人目にもいわゆる味の様なものを端々に感じる。

　ルルノア様は、その本の表紙をみんなに見せつけるように突き出す。

「これよっ！」

「これは……ルル様のお気に入りの英雄譚《たん》ですか？」

「あら～、懐かしいわね～。小さいころよく読んでたわ～。魔人ヴェルナーの本よね～」

「そうよっ！　私のバイブル！」

「……ヴェルナー……懐かしいのう」

　ルルノア様にとってすごく大切な本なんだな。今度読ませてもらおう。

　それにしても、ウルディアさんは知っている様子だ。それも、本でというより……。

「流石は天司竜ねっ！　このヴェルナーは実在した人物。その伝記なのよっ！」

「なるほど……それが、この問題とどう……？」

解決策に結び付くのか？

そんな俺の疑問に答えるように、ルルノア様はページを開き、ある一節を読み上げる。

其《そ》は、数多《あまた》の魔獣を従え、竜を引き連れた。

其は不気味を纏《まと》い、その身なりは尽《ことごと》く魔であった。

黒山羊《くろやぎ》の角。鴉《からす》の面。蛇環《じゃかん》の首飾り。蟲《むし》の翅《はね》。禍津牛《まがつうし》の腰掛《こしか》け。龍《りゅう》の滅爪《めつそう》。黒獅子《くろじし》の魔剣。

神への叛逆《はんぎゃく》、地への冒瀆《ぼうとく》。天への不遜に、人への施し。

畏敬を込めて、魔人ヴェルナー

あ、あれ？　……なんか、覚えがあるのが何個か……。

ルルノア様は自慢気に、ゼラはおずおずと、シュヴァテは不思議そうに、ウルディアさんは当然といった様子で、俺に眼《め》を向ける。

「ネルが言った通り、怖がらせれば良いのよね！　それも生半可じゃなく、徹底的に。まるで伝説を目撃した赤子のように」

ルルノア様は本を閉じると、俺に指を突きつけた。

そして、いつもの傲慢さを含め、自信満々にこう言うんだ。

「リュートを、魔王国外に名を轟《とどろ》かす魔人として、売り出すわっ！」

「……は？」

エピローグ

黒衣の魔人

ルクス帝国。

リュートにとっての異世界、アディスで最も大きい大陸。その大陸の中でも、一際栄華を極めた帝国。

日中の商業区はありとあらゆる人種でごった返す。他国の貴族、民草、商人、観光客など、その目的は多岐にわたるが誰もがこの帝国の活気を謳歌《おうか》している。

そして、この帝国の皇女イリスは世界有数の美姫《びき》として名高く、彼女を一目見ようと帝国を訪れる者もいるくらいだ。

しかし、それらすべてを合わせてもこの帝国を語るには少し不足する。

この帝国最大の名物といえば、一つだ。

百人に百人が答えるそれは、この帝国の象徴。

帝城の次に高い建造物を拠点に、世界に名を轟かす強者たちの巣窟。

――帝都、冒険者ギルドだ。

帝都冒険者ギルドの最上階。

そこに設けられた一室は、飾り気のない質素な部屋だ。しかし、部屋を構成する素材はどれ一つとっても庶民には到底手が届かない最高品質の木材や金属で設《しつら》えられている。

その一室に、一つの人影があった。

ギルドマスター。

そう呼ばれる彼は、若くしてその地位に身を置く辣腕だ。

冒険者序列、八位。ギルベルト・トーラス。

世界に無数に存在する冒険者の中で、八番目の強者。

その事実だけで、彼を尊敬、もしくは崇拝する理由に足る偉大な存在だ。

そんな彼は、現在報告書片手に一人で頭を抱えている。


（アルミラージ……魔族領入っちゃったかぁ）


長らく追い続けていた幻獣アルミラージ。奇跡的につけることができたと報告があった『標的《マーク》』が指し示す現在地は魔族領。しかもその中央に位置する魔王の王城だ。

『標的《マーク》』が生きているということはアルミラージもまた生きているということ。あまりに不味《まず》い状況だ。

（参ったなあ……人は呼んだけど、どうするか……）

ギルベルトは一人思考する。

魔族領。圧倒的不可侵の禁忌地だ。だが、依頼主を考えると無理だと突っぱねるのは簡単ではない。

（まあ、もとより犠牲は想定の内……か）

ギルベルトが腹を括《くく》ると同時に扉がノックされる。

それはギルベルトが召集した冒険者たちの到着の合図だった。

「入ってくれ」

ギルベルトが声をかけると扉が開き、四人の若い男女が入室してくる。

初めに、金髪の少年が前に出るとギルベルトに一礼をする。

「お呼びでしょうか、マスター。パーティー『煌剣《こうけん》』、召集に応じ、馳《は》せ参《さん》じました」

「あー、いいからそういうの。来てくれてありがとう」

「ぷぷーっ、ロイド君、せっかくカッコつけたのにねえー」

「うるさい、ルリ」

「はいはい、二人ともマスターの前でじゃれない！」

「す、すみませんマスター……二人がこんな感じで……」

ロイドと呼ばれた金髪の少年は、悪戯《いたずら》な笑顔を浮かべるルリという青髪の少女にからかわれている。

その二人を叱るのは、凛《りん》とした雰囲気のある武闘少女、キョウ。おどおどとマスターに謝罪するのは気弱そうな少年、カイ。

同じ村出身の幼馴染み《おさななじみ》四人で構成されたAランクパーティー『煌剣』は、帝都ギルド始まって以来の快進撃を続けるスーパールーキー。

中でも、ロイドとルリは、史上最年少のSランク冒険者。今回のアルミラージへの『標的《マーク》』を成功させた、名実ともに今最も勢いのある若き俊英たちだ。

ギルベルトは四人のやり取りに薄く笑った後、本題を切り出した。

「アルミラージの件、わかってるな？　魔族領に入ったと」

「ええ、カイの『標的《マーク》』は逐一確認しております」

「わかってるよお、マスター！　あたしたちに魔族領に行けっていうんでしょ？」

あっけらかんとそう言うルリには、恐怖の色は一切ない。ルリだけでなく、他の三名にもだ。

ギルベルトにとっては都合がいい。

「……今回は情報をとってくるだけでいい。無理はするな」

「またまたそんなこと言っちゃってぇ、ルリたちわかってるんだよ？」

「ええ、マスター。今回の魔族領への調査は、魔族討伐に乗り出す足掛かり、そうですよね？」

得意気にそう言うルリとロイドを白けた表情で見るギルベルト。的外れにもほどがある。

しかし、ギルベルトはその勘違いを正すことはない。

人族にとって、魔族は魔物を操るだけの非力な種族。その前提が今の恒久的な平和を築いている。

それを崩すわけにはいかない。

「余計なことは考えるな。アルミラージの調査、それだけを頭に入れておけ。今回の依頼は、皇帝とバベル教の大司祭からのものだ。失敗は論外。わかるな？」

「あー、なんだっけ？　エロエロハント？」

「ルリ、『教皇《ザ・ハイエロファント》』よ！」

「ル、ルリちゃん、それは不味《まず》いよ……」

「あっはは、ごめんごめん。まあ、任せてよマスター！　ささっと終わらせてくるから！」

「それでは、行って参ります、マスター」

そう言うと一礼し、そそくさと部屋を出る四人を見送るギルベルト。

そして部屋に一人になると、姿勢を崩し、ため息を吐《つ》く。

「あー、あの感じだと二人は死ぬかな……有望株なんだけどなあ……しゃーない。死んだら、その時考えよ」

魔族領が禁忌地とされているのは偏《ひとえ》に強力な魔物の存在。と、思われている。

しかし実際は、人族を歯牙にもかけない魔族の理不尽な力によるものだ。

だが、自分たちを簡単に脅かすことができる種族の存在を知りながら平和的に生きていけるほど人族は強くない。

死塚《しづか》の大狼《たいろう》のような悲劇を起こさないための必要な情報規制なのだ。

「勇者たちのためにアルミラージ狩ってこいとか……帝国もバベル教も無茶《むちゃ》言うよなあ……」

板挟みのギルドマスターは愚痴をこぼし書類作業に戻る。

「魔族に喧嘩《けんか》売るのとか、まじで勘弁してほしいよ……アルトエイダ、怒るかなあ」

旧友の姿を思い浮かべながら、苦労人はもう一度深くため息を吐く。

どうにか穏便に失敗してくれと、願いながら。

■

ルクス帝国から南に下る街道に、一台の馬車が朝靄《あさもや》の中を駆けていた。

Aランクパーティー『煌剣』だ。行き先は勿論《もちろん》、大陸の南端。件《くだん》の魔族領である。

「カイ、アルミラージの『標的《マーク》』はどうだ？」

「う、うん。動きはそこまで多くないよ……どこかで体を休めてるのかも……」

「厄介ね……何度か夜を越してるから、傷はほとんど残ってないでしょうね」

「あー、もったいな！　マスターもなに渋ってたんだろう？　ちゃっちゃとぶっ殺しちゃえば良かったのに！」

ルリのマスターに対する文句はもっともだ。実際、魔族領に入ったとわかった瞬間から動き始めることもできた。しかし、マスターからの許可が下りなかったのだ。

まるで、なにかを恐れるようにその判断は遅々としていた。

「まあ、マスターにも考えがあるんだろう。俺たちはマスターの判断に従うまでだ」

「あー、うざ。ロイド君はいつもマスターマスターって、あの人そんなにすごい？　いつも慎重に〜とか、だから八位止まりなんでしょ」

「ルリ！　そういうこと言わない！」

「だ、誰かに聞かれたらまずいよルリちゃん……！」

「大丈夫だって！」

帝都ギルドの面々に聞かれたら顰蹙《ひんしゅく》は免れないルリの悪態を三人はヒヤヒヤしながら聞いていた。

このパーティーの目標は帝都一のパーティーになること。そのためにはあのギルドマスター、ギルベルトを超える必要がある。そして、現在『煌剣』はそれを期待されているパーティーだ。

その事実が、ルリを増長させる一因になってしまっていた。

「大体さあ、ラッキーじゃん！　魔族領に入ってくれるなんて！　アルミラージも魔族もまとめて殺《や》っちゃえる大チャンス！　……それを、ギルド側はなにやってんだか……」

「仕方ないわよ。魔族はともかく、魔族領の魔物は生態もあまりわかっていないし、英雄殺しもいるし」

「うぅ、思い出させないでよキョウちゃん……」

「英雄殺し。ダーテブラッドヴォルフか……」

Sランクの魔物、ダーテブラッドヴォルフ。

かつて魔族領から溢《あふ》れたその魔物の甚大な被害により、ルクス帝国周辺は一時的飢饉《ききん》に陥ったという歴史がある。

その魔物の影響で、人族の魔族領侵攻は滞っていると言っても過言ではない。

ルクスのSランク冒険者も殺されていることから、英雄殺しなのだ。

「はいはい、弱気にならない！　あたしたちならヨユーヨユー！　なんたってあたしのスキルと、ロイド君の剣、キョウちゃんの闘拳、カイの付加魔法、隙なんかないっての！　Aランク上位の魔物だって討伐したことあるんだし！」

「そう……だな。ありがとう、ルリ」

「にひひっ、気にしない気にしない！」

まだ二十歳《はたち》にもならない少年少女によるAランクの魔物の討伐。当時はルクス中を賑《にぎ》わせる一大ニュースだった、『煌剣』の名を世に知らしめた出来事。

要因はルリだ。

ルリのスキル、『一見は千聞にしかず《ライブラリ》』。

これは、対象のステータスを看破する『鑑定』と、そのステータスを分析し死角を見つけ出す『解析』、さらにはそれを身体《からだ》に蓄積するという効果を併せ持った、冒険者垂涎《すいぜん》のスキルだ。

ルリは身体に蓄積した情報を引き出し、どんな強敵からも弱点を見つけ出せる帝都有数の後衛なのだ。

そんなルリを中心にこのパーティーは回っている。

そして、ロイドの持つ剣。このパーティーの名前の由来にもなった、名剣ソラス。魔力伝導に特化した、使い手を選ぶ至剣。

長い間使い手のいなかったこの剣を扱い、ロイドはSランクにまで駆け上がった。

他にも、帝国で名を轟《とどろ》かした拳聖の孫娘。付加魔法特化の支援型。

同年代で彼らに敵《かな》うパーティーはもういない。

「なにより！　アルミラージの肉が貰《もら》える、なんてこれから先あるかもわからない報酬を逃す手はないっての！」

「そうだな、それがあれば俺たちはまた強くなれる」

「よしっ！　気張っていきますか！」

「う、うんっ。そうだね！」

『煌剣』は持ち前の仲の良さで空気を持ち直すと、一丸と目標に向けて志を一つにする。

馬車は止まらない。

魔族領は、もうすぐだ。

■

「ジジッ……ジシャアアアアアァァ！」

「ロイド君！　小細工なしでいいよ！　カイ、ロイド君に火の付加魔法《エンチャント》！　キョウちゃん、後ろお願い！」

「了解だ！」

「う、うん！」

「まっかせなさい！」

ロイドが剣を地に引き摺《ず》り駆ける。

カイが杖《つえ》を構え、魔力を込める。

「付加魔法《エンチャント》・火剣《フレア・ソラス》ッ！」

「完璧だカイッ！　う、おおおっ！」

火を纏《まと》ったロイドの剣がパラズスネークの開いた口に吸い込まれ両断した。パラズスネークの黄色い麻痺《まひ》毒を熱が蒸発させていく。

ごぽごぽと溺れるような断末魔の声を上げ、パラズスネークは息絶えた。

そこへ、隙だらけのルリを狙うように羽の生えた蚕のような魔物が急降下し、襲いかかった。

しかし、

「遅いっての！」

キョウが拳を突き出すと、その延長線上にいたその魔物は弾《はじ》け飛んだ。

魔物の群生地帯を無傷で乗り切った『煌剣』は、その奮闘を称《たた》え合う。

「ほらっ！　言ったでしょ！　ヨユーだって！」

「ルリ、魔族領まではまだ少しあるよ……でもこの魔物たちは少し手強《てごわ》かったな」

「魔族領が近づいてるのを肌で感じるわね」

「でっ、でも、思ったより……」

「お、珍しく強気だなカイ。心強いよ」

「え、えへへ。みんなと一緒だから……」

『煌剣』一行は馬車を降り、できるだけ目立たないように魔族領を目指していた。

現在は、魔族領に近い廃鉱山を通り、辺境の森へと進む道中だ。

辺境の森とは、リュートが捨てられたルクスと魔族領を隔てる森の通称だ。

「はあ、それにしても拍子抜けだなあ。こんなもんなのかぁ」

「ルリ！　油断禁物！」

「わかってるよおキョウちゃん。アルミラージ以外にも、成果挙げられるかなあって考えてただけ」

「成果って？」

「魔族！　一人くらい殺していったら、報酬上乗せとかないかなあ？」

「……マスターは余計なことはするなって言っていただろう」

「あーもううっさい！　マスターマスターって……」

「ル、ルリちゃん、嫉妬？」

「カイもうるさいっ！」

廃鉱山の洞窟の中。いつもの様子に笑い合う幼馴染《おさななじ》みたち。

魔族領に近づいているというのに、和気藹々《わきあいあい》とした雰囲気は崩れない。それは、彼らの今までの冒険によりついた自信と、魔族に対する認識によるものだった。

まるで、子供たちが高く売れる虫を探しに森に入るような、そんな緊張感のなさが漂っていた。

「あ、出口よ」

「この洞窟を抜けて、下った先が辺境の森のはずだ」

「っ、ついに、だね……」

「いえーい！　あたしいっちばーん！」

「あ、ルリ！　走ると危ないわよ！」

出口に向け走り出したルリを追うように、三人も駆け出す。思えばこういう時にいつも先頭を行くのはルリだ。

そんなルリを微笑《ほほえ》ましく思いながら、四人は洞窟を抜けた。

「いやぁ、洞窟の中暗かったから日の光が眩《まぶ》し────」

────。


四人は口を開かない。緊張からではない。退屈からでもない。

偏に、困惑から。

「──え、は、夜……？」

「……これは……」

「……いや、でもさっきまで……」

「なっ、なんで？　……なんでっ？」

洞窟に入った時は確かに日が出ていた。

しかし、先ほどまで自分たちの頭上で燦々《さんさん》と輝いていた太陽は見る影もなく、黄白の月が、怪しく光を放っていた。

見間違うはずもなく、そこには闇の帳《とばり》が降りていた。落陽を見送ることなく、夜が、そこに存在している。

四人はなおも困惑を続ける。

その沈黙を、カイが破った。

その声は、未知に震えている。

「――ね、ねぇ……みんな……」

「……カイ？」

月を見上げていた三人がカイを見ると、カイは自分たちの前方、道が続く先を指差していた。

怪訝《けげん》そうに三人が指の先を見る。

そこには――。

「――人？」

洞窟で暗さに慣れていた目を凝らしながら見ると、確かにその先に人影を確認できた。

そのシルエットはロイドとあまり変わらない背丈、雰囲気で若い様子が窺《うかが》えた。

「……みんな、臨戦態勢」

「わかってる」

ルリの言葉に、『煌剣』は身構える。

だが、

「──はっ？　……え、ちょ、まって……なんでッ⁉」

「ルリ、どうした？」

いつも快活で自信に満ちたルリの珍しい混迷の声に、三人は違和感を覚えた。

徐々に高まってくる緊張を抑えながら、ルリの言葉を待つ。

そして、口を開いたルリが発したのは想像の埒外《らちがい》の言葉。

「──ステータスが……ない？」

──その瞬間、人影から黒い魔力が噴き出す。

本能が告げている。アレは、まずい。

「ルリッ！」

「ちょっ、待ってッ！　わかんないよっ！」

「ルリのスキルが効かないなんて……っ！」

「ど、どうするのっ……？」

魔力の余波が届く度、四人の危機感は増していく。だが、人影は一歩また一歩と『煌剣』に向けて歩を進める。

そして、月がその正体を照らした。

黒い外套《がいとう》。黒い魔力。鴉《からす》の仮面。

月下を闊歩《かっぽ》するその姿から、目を離すことができない。

そして、その『黒』は立ち止まる。

四人に向けて、恭しく一礼すると口を開いた。

その声は若く、凛然《りんぜん》とした男の声だ。

「――初めまして、冒険者の皆様。本日、皆様のご歓待を仰せつかっております。フギンと申します」

フギン。

異世界では、まさしく神の使いの鴉の名を不敬にも騙《かた》る目の前の人物は、その名に負けない存在感を放ち続けている。

四人の口は、縫い付けられたかのように開くことができない。

ただただ、その黒を呑《の》む鴉の戯《ざ》れ言《ごと》へ耳を傾けることしかできない。

「まあ、歓待といっても、喜ばしい結果になるかは……わかりかねます」

冷然、平坦《へいたん》。

ルリは、嚙《か》み合わない歯を鳴らす。

ロイドの剣を握る手に渾身《こんしん》の力が籠もる。
キョウは構えを解くことなく、一心に闇に目を向ける。
カイは杖を抱くように身を縮ませ、目を瞑《つぶ》る。
不気味な恐怖が、この場を支配する。

「すべては——我が主《あるじ》の、仰せのままに」

黒衣の魔人は不敵に笑った。

あとがき

まず、本作を手に取っていただき、ここまでお読みいただだいた方々に作者の人生史上最大の感謝を申し上げます。

自分の頭の中だけに息づいていた彼、彼女たちが少しでも読者の皆様の心に何かを残せたことを祈りながら……以下、作者の自分語りになります。


十年ほど前、作者が小学生の時分に夏休みかなんかで見たアニメの一挙放送でサブカルの沼にずぶずぶとはまり、ゲーム、アニメ三昧の日々。ちょうどその時期、近所にできた古本屋で美少女が描かれた表紙に惹《ひ》かれてとある小説を即購入。これが私にとってカルチャーショックでした。

しかしまあ小学生ですから、趣味に使えるお金など雀《すずめ》の涙ほど。家に置いてあった純文学などでは得ることのできない萌《も》えやら厨二チックなあれこれに飢えていた私は、縋《すが》る思いで携帯ゲーム機に付いているブラウザ機能で検索エンジンに問いかけたのです。

「小説　無料」

行き着いたのは黎明期《れいめいき》のウェブ小説の海でした。

その海を前後不覚で泳ぎ続けること十年、こんなところに泳ぎ着いていました。人生とは本当にわからないものです。

歳《とし》を重ねる前でしたので何もかもが新鮮で、今思えばツッコミどころ満載、同時に夢しか詰まってないような文字列に脳内を支配されていました。どうやらそれがライトノベルというジャンルであることを知り、その時に自分の趣味嗜好は完成されたように思います。

それから人様の作品を読み漁《あさ》っては移り変わりの激しい流行《はや》り廃りの奔流の中で色々な作品に触れてきました。

そしてある日、臨界点を超えたかのように急激に湧き上がってきた創作欲。感じたことのなかった熱に背中を押されて、気付けば小説投稿サイト『カクヨム』さまにこの作品を投稿していました。

はっきり言って、この作品にめっちゃ自信あったんです。それは自称創作者として当然だと思いますし、今も変わりません。読んでもらえさえすれば評価されるだろう、と。

最近流行りの長文タイトルがランキングを占拠する光景。逆張り野郎であった作者は何とか逆らってやろうと本作を『魔王令嬢の仰せのままに』と題して投稿。

しかしまあ、自信だけあっても上手《うま》くいかないものですね。大幅なスタートダッシュを切ることもなく、話題作とはとても言えない微妙な位置で右往左往。書籍化にあたってプロの担当編集様とお話をして、パッケージの大事さを痛感した作者です。書籍化に伴っての改題を決意したのはそのお話を重く受け止めた結果でした。

爆発的に伸びたわけではない本作ですが、それでもなぜか筆が止まらないんですよね。その時は当然趣味ですから、評価は二の次だったんですね。リュートとルル様、それを取り巻くキャラクターたちがかわいくてしょうがなくて、しかもそんな本作を面白いと言ってくださる読者様のなんとありがたいことッ！　もしもウェブ上でもお読みいただき、さらに本作まで手に取ってくださっている方がいるなら……感無量です。ごめんなさい、作者の語彙ではこれが限界です。

長々と語ってきましたが結局何が言いたいの？　って方のために要約！

作者の十年間の妄想の結晶が本作です！　自信あります！　お楽しみいただけたなら嬉《うれ》しいです！

そして、そんな本作を数多《あまた》の作品群から見つけたくださり、応援、評価、感想をくださった読者の皆様。見える形ではなくとも応援をしてくださった方もいるかもしれません。この場を借りて深く御礼申し上げます。本当にありがとうございました。

さらに、本作にお声がけくださった上、様々な面で至らない自分を助けてくださり、長々とした相談を根気強く受けてくださった担当編集様。作者の妄想でしかなかったキャラクターたちを素晴らしい素敵過ぎるイラストで目に見える形にしてくださった伊藤宗一《いとうそういち》先生。本作に関わってくださった関係各所の皆様。拙いですが、この場で謝辞を述べさせていただきます。ありがとうございました。

それでは、またの機会があることを願って。なにより、本作をより多くの皆様に楽しんでいただけることを願って。

ここまで目を通していただきありがとうございました。

魔王令嬢《まおうれいじょう》の執行者《しっこうしゃ》
～魔王国《まおうこく》に追放《ついほう》された無能勇者《むのうゆうしゃ》、隠《かく》された天与《てんよ》スキルで無双《むそう》する～

著　Sty《エスティ》

角川スニーカー文庫　23791

2023年９月１日　初版発行

発行者　山下直久

発　行　株式会社KADOKAWA
〒102-8177 東京都千代田区富士見2-13-3
電話　0570-002-301（ナビダイヤル）

印刷所　株式会社暁印刷
製本所　本間製本株式会社

Printed in Japan　ISBN 978-4-04-114068-0　C0193

★ご意見、ご感想をお送りください★

〒102-8177 東京都千代田区富士見 2-13-3
株式会社KADOKAWA　角川スニーカー文庫編集部気付
「Sty」先生
「伊藤宗一」先生

角川文庫発刊に際して

角　川　源　義

第二次世界大戦の敗北は、軍事力の敗北であった以上に、私たちの若い文化力の敗退であった。私たちの文化が戦争に対して如何に無力であり、単なるあだ花に過ぎなかったかを、私たちは身を以て体験し痛感した。西洋近代文化の摂取にとって、明治以後八十年の歳月は決して短かすぎたとは言えない。にもかかわらず、近代文化の伝統を確立し、自由な批判と柔軟な良識に富む文化層として自らを形成することに私たちは失敗して来た。そしてこれは、各層への文化の普及滲透を任務とする出版人の責任でもあった。

一九四五年以来、私たちは再び振出しに戻り、第一歩から踏み出すことを余儀なくされた。これは大きな不幸ではあるが、反面、これまでの混沌・未熟・歪曲の中にあった我が国の文化に秩序と確たる基礎を齎らすためには絶好の機会でもある。角川書店は、このような祖国の文化的危機にあたり、微力をも顧みず再建の礎石たるべき抱負と決意とをもって出発したが、ここに創立以来の念願を果すべく角川文庫を発刊する。これまで刊行されたあらゆる全集叢書文庫類の長所と短所とを検討し、古今東西の不朽の典籍を、良心的編集のもとに、廉価に、そして書架にふさわしい美本として、多くのひとびとに提供しようとする。しかし私たちは徒らに百科全書的な知識のジレッタントを作ることを目的とせず、あくまで祖国の文化に秩序と再建への道を示し、この文庫を角川書店の栄ある事業として、今後永久に継続発展せしめ、学芸と教養との殿堂として大成せんことを期したい。多くの読書子の愛情ある忠言と支持とによって、この希望と抱負とを完遂せしめられんことを願う。

一九四九年五月三日

すめらぎひよこ
illustration
Mika Pikazo
background painting
mocha
ep.1
魔王城、燃やしてみた
我が焔炎にひれ伏せ世界
12年ぶり「大賞」受賞作!
最強爆焔娘の
異世界コメディ!
第27回
スニーカー大賞
大賞
スニーカー文庫
(あわよくば何か燃やしたい……)という欲求を抱いていたホムラは異世界へと招かれる——。燃やすことこそ大正義! 焼却処分はエクスタシー!! 圧倒的火力で世界を制圧していく残念美少女ホムラの行く末は!?
The Devil's Castle, Burning
By my flame the world bows down
スニーカー文庫

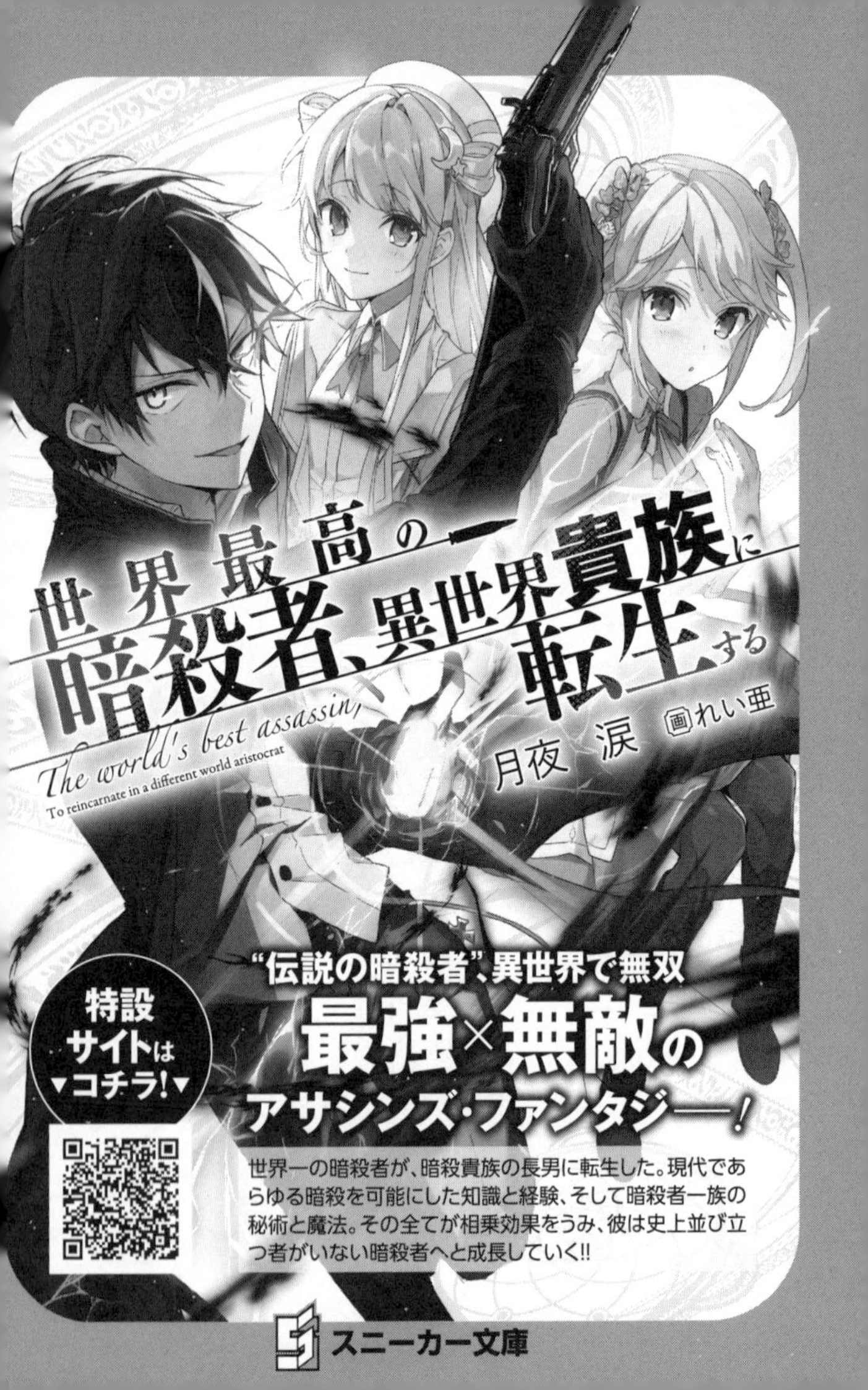

世界最高の暗殺者、異世界貴族に転生する
The world's best assassin, To reincarnate in a different world aristocrat
月夜 涙 画 れい亜
特設サイトはコチラ!
"伝説の暗殺者"、異世界で無双
最強×無敵のアサシンズ・ファンタジー——!
世界一の暗殺者が、暗殺貴族の長男に転生した。現代であらゆる暗殺を可能にした知識と経験、そして暗殺者一族の秘術と魔法。その全てが相乗効果をうみ、彼は史上並び立つ者がいない暗殺者へと成長していく!!
スニーカー文庫

超人気WEB小説が書籍化!
最強皇子による縦横無尽の
暗躍ファンタジー
最強出涸らし皇子の
暗躍帝位争い
無能を演じるSSランク皇子は皇位継承戦を影から支配する
タンバ イラスト 夕薙
無能・無気力な最低皇子アルノルト。優秀な双子の弟に全てを持っていかれた出涸らし皇子と、誰からも馬鹿にされていた。しかし、次期皇帝をめぐる争いが激化し危機が迫ったことで遂に“本気を出す”ことを決意する!
スニーカー文庫